COLLECTION FOLIO

Antoine Bello

Les funambules

Gallimard

Né à Boston en 1970, Antoine Bello vit à New York. Le recueil de nouvelles, *Les funambules* a été récompensé par le prix littéraire de la Vocation Marcel Bleustein-Blanchet 1996. Antoine Bello a également publié trois romans aux Éditions Gallimard, *Éloge de la pièce manquante*, *Les falsificateurs* et *Les éclaireurs*, qui a reçu le prix France Culture-*Télérama* 2009.

À Marie

MANIKIN 100

1

Les premiers mannequins remontent à la Renaissance. Taillés dans le bois, ils faisaient alors partie du mobilier des courtisanes qui leur passaient les toilettes dont elles souhaitaient se parer. Ils avaient deux bras, un tronc, un visage lisse et inexpressif. Les jambes manquaient encore, condamnées qu'elles étaient à disparaître sous l'étoffe des robes. Les proportions du corps tireraient des cris à tout dessinateur. Le bois était malmené à grands coups de ciseau et de burin, le vernis se décollait, les chevilles étaient apparentes, les finitions inexistantes.

Les quatre siècles qui s'écoulèrent ensuite firent assez peu pour la réhabilitation des mannequins. De bois ou de cire, ils servaient aux peintres et aux sculpteurs à disposer les draperies de leurs ouvrages. Les chirurgiens les utilisaient pour exercer leurs élèves. Le nombre d'exemplaires en circulation augmenta considérablement. Les méthodes de distribution modernes, et notamment les grands magasins, développèrent insensiblement l'aspect mercantile du mannequin, au détriment de la fonction esthétique qui se fit encore plus secondaire. Pour accompagner la mode du pantalon et de la jupe, on dota le tronc de cuisses et de jambes. Les producteurs n'eurent de cesse d'avoir totalement stylisé les formes afin de les rapprocher toujours plus près de la taille et de la corpulence idéales. L'objectif avoué n'était plus la réalisation d'une silhouette particulière mais bien d'une silhouette parfaite, dénuée de caractère au point d'en devenir totalement impersonnelle. Le visage restait lisse, ultime signe d'une arrogante prétention à l'universalité. Les années vingt portèrent le coup de grâce à une profession que n'épargnaient déjà pas les déboires de toutes sortes : la production fut automatisée. De moules en fonte inusables sortaient chaque jour des dizaines de mannequins, tous semblables et promis aux mêmes vicissitudes.

2

Nicholas connaît une admirable fontaine en pierre, sise au coin de Harding Street et de Campbell Square, à laquelle il ne manque jamais de rendre une visite quand il en a le temps. Ce matin, par exemple, il a fait un détour pour saluer la dame de bronze qui règne sur le bassin, au risque d'arriver en retard à l'atelier, de trouver son maître déjà au travail. Nicholas contemple la statue dans un immense silence, captivé par l'impassibilité des traits, par la noblesse de la pose, recueillie et solennelle, tandis qu'autour de lui les passants s'affairent, se bousculent pour entrer dans la bouche du métro.

Nicholas trempe le bout de ses doigts dans l'eau fraîche. Dans une heure à peine, l'eau commencera de couler inlassablement, du centre du bassin vers les bords, de remonter et de couler encore, ainsi tout le long de la journée. Pour l'heure, elle est encore immobile, comme endormie sous le soleil qui monte, et parfois elle vient, sous une pointe de vent, lécher le granit du muret.

Nicholas s'humecte les joues, le front. Il poursuit

son chemin, qu'il trace instinctivement vers le cœur de Londres, entre venelles et passages. Il ne lui faut pas plus d'un quart d'heure pour atteindre Fox Trace, contourner la gardienne qui lave à grande eau l'entrée de l'immeuble, gravir les marches qui le mènent au cinquième étage, pousser la lourde porte de l'atelier.

Dans cette pièce où travaille Nicholas depuis quatre années, quelque chose a changé. Linda, Paul, Edith et Samuel sont bien à leur poste, figés aux quatre coins de l'atelier. Ils n'esquissent pas un geste pour saluer l'irruption de Nicholas, pour répondre à son apostrophe coutumière. Pour la première fois, celui-ci a l'impression de déranger, d'interrompre une discussion dans laquelle il n'a pas sa place. Les fenêtres sont ouvertes, les outils en ordre. Alors seulement Nicholas s'aperçoit que Kreuzer n'est pas là. Il fait le tour de l'appartement, poussant les portes de plus en plus brusquement à mesure qu'il avance dans le couloir, criant : « Maître Kreuzer, Maître Kreuzer, êtes-vous là ? »

Personne ne lui répond. Il est bientôt sept heures. Nicholas revient dans l'atelier et se heurte au mutisme de Linda qui dédaigne ses questions. Tout semble prêt pour une journée de travail et pourtant, Kreuzer a disparu. Nicholas l'imagine flânant dans les rues du West End, allant nu-tête alors qu'il devrait se protéger de la trompeuse fraîcheur de l'aube.

Par la fenêtre, Nicholas plonge son regard sur les toits de Londres. Les rues s'emplissent, les marchands sortent leurs étals, vident les poissons dont les entrailles tapissent la chaussée. Les cloches de Saint-Paul sonnent sept heures. La lumière entre par toutes les baies de l'atelier.

3

Nicholas s'installe devant Manikin 97 — Linda. Le mannequin est debout, juché sur un socle de bois d'une vingtaine de centimètres de haut. Il est bien d'aplomb, les pieds reposent à plat sur le bois, parallèles, légèrement écartés. Pour l'instant, Nicholas se tient face au mannequin. Il le regarde. Les deux visages se touchent presque. Les traits de Nicholas sont plus grossiers que ceux de Linda. La mâchoire, les joues, le nez, semblent découpés au ciseau, les cheveux bruns qui tombent sur la nuque s'arrêtent comme tranchés par le couperet d'une guillotine. Les traits de Linda sont encore incertains. Le bas du visage reste à modeler presque entièrement. Mais déjà, les yeux, les tempes creuses et le front doucement bombé prêtent au mannequin une grâce surnaturelle.

Kreuzer n'est pas beau. Ses traits sont encore plus marqués que les miens. Quand je l'ai rencontré pour la première fois, j'ai d'abord cru qu'il n'avait pas d'yeux. Ce n'est qu'en m'approchant pour le saluer que j'ai fini par les dénicher au fond d'orbites interminables, des yeux noirs comme du charbon. Du moins, c'est ce que je crois. Ils sont peut-être bleus ou verts après tout, enfoncés comme ils le sont, on ne saurait se prononcer de façon définitive. Le nez est plus raide qu'une falaise. Une falaise longue et fine, dentelée, une aiguille pour ainsi dire. Quant aux lèvres, je serais bien en peine de les qualifier, Kreuzer n'en a pas. Mais une bouche n'a pas besoin de lèvres quand on y pense. Des dents, une langue, sont autrement précieux. Les lèvres ne sont qu'un ornement, un luxe. De même pour les oreilles : le conduit est utile mais toute la chair qui l'entoure est parfaitement superflue. D'ailleurs, Kreuzer n'a pas d'oreilles. Ça ne l'empêche pourtant pas d'entendre. C'est bien simple, rien ne lui échappe. Parfois, il pose son ciseau et me dit : Écoute le bois qui joue. Je tends l'oreille pour ne pas le peiner. À part moi je pense : A-t-on déjà entendu du bois jouer ainsi sans raison ?

Physiquement, Kreuzer est une sorte de monstre et pourtant, il s'entête à sculpter des mannequins toujours plus beaux et plus lisses. Monstre est sans doute un mot un peu fort mais enfin, il faut admettre que son visage en effrayerait plus d'un s'il n'était pas aussi célèbre. Mais les hommes laids sont attirés par la beauté, c'est établi depuis longtemps. Je suppose qu'ils espèrent ainsi oublier leur disgrâce. J'ignore si c'est là le motif de Kreuzer, mais dans son cas, le combat est perdu d'avance. Chacun de ses mannequins est un peu plus beau que le précédent, chaque année qui passe creuse encore davantage son visage, en fait une sorte d'ébauche improbable, de caricature.

Nicholas se détourne de Linda. Le retard de son

maître ne le dispense pas de se mettre au travail. Il a déjà perdu près d'un quart d'heure à rêvasser. Il dispose sur une table les outils et les préparations dont il va avoir besoin. Il sait dans l'atelier la place de chaque chose. Machinalement, il choisit un pinceau dans toute une botte, un chiffon dans un amas de tissus. Linda le regarde aller d'un bout à l'autre de la pièce, déboucher les bouteilles d'enduit et en mélanger les contenus au fond d'un bol.

La première heure est consacrée à la préparation du mannequin. On ne saurait violenter le bois sans l'avoir apprivoisé. Dans les jours qui suivirent son arrivée, Nicholas l'apprit à ses dépens. Il s'étonnait de voir les morceaux de bois casser sous ses doigts, craquer au moindre déplacement. Il y avait pis, l'ébène, l'acajou, résistaient au ciseau. Ils se dérobaient dès qu'ils sentaient la lame se poser sur eux. Quand, finalement, ils se laissaient tailler, ils se dispersaient en copeaux grossiers et épais qui venaient parsemer le plancher. Nicholas pestait. Il trouvait le bois tantôt trop friable, tantôt trop dur, rebelle à toute incision. À ses côtés, Kreuzer sculptait dans la facilité. Nicholas le voyait repérer une excroissance gênante. Aussitôt, le ciseau se mettait en mouvement. Il ne semblait rien faire d'autre que de suivre le contour de la saillie mais derrière lui, le bois était soudain lisse. Les copeaux de Kreuzer étaient à eux seuls des œuvres d'art, réguliers, discrets, légers. Quand la place de Nicholas ressemblait à un champ de bataille, celle de Kreuzer paraissait recouverte d'une fine poussière brune.

Je ne pouvais pas croire que j'étais si maladroit. Au

bout de quelques jours, j'ai demandé à Kreuzer si je m'y prenais vraiment si mal. Non, tu es plutôt plus habile que je ne m'y attendais, Mais tu n'arriveras à rien si tu continues de maltraiter ta bille de la sorte, Si le bois casse sans cesse, c'est qu'il n'est pas prêt, Il est temps pour toi d'apprendre les rites. Sous le terme de rites, Kreuzer regroupe toute une série d'opérations indispensables pour la préparation du bois. D'après lui, le bois est vivant, il a besoin de manger, de respirer et de s'épanouir comme nous. Pour se prêter au ciseau, il doit être nourri, chaud et souple. Kreuzer compare le bois à un danseur qui, s'il avait le ventre vide, se blesserait à la première erreur. Que le bois soit vivant, c'est une chose. Tous les menuisiers savent cela. Mais je n'aurais jamais imaginé qu'il fallait continuer à le nourrir. Il y a tant de choses que j'ignore. Dans les premiers temps, j'arrivais à l'atelier à huit heures et je m'étonnais de trouver Kreuzer déjà à l'ouvrage. Lorsqu'il me parla des rites, je compris qu'il commençait sa journée une heure avant moi et enduisait les mannequins sur lesquels il allait travailler d'une crème noirâtre de sa composition.

Il prépare cette crème le dimanche, seul jour de la semaine où il est défendu de toucher aux mannequins. Un jour que j'avais une étude en retard, je voulus travailler quand même. Kreuzer s'y opposa catégoriquement. Tu crois sans doute que c'est pour te ménager que je défends de travailler le dimanche, Tu te trompes, jeune comme tu es, je me doute bien que tu serais capable de travailler la nuit s'il le fallait, Ce sont les mannequins qui nous demandent de nous arrêter de temps en temps, Ils ont beau avoir l'air plus solides que nous, ils sont infiniment plus fragiles. Au début, certaines idées de Kreuzer me parurent étranges. J'ai appris à les respecter, en comprenant qu'il ne laissait rien au hasard, qu'il avait déjà pensé à tout. Chaque fois que je m'étonne d'une habitude, d'un aménagement de l'atelier, sa réponse, toujours immédiate et argumentée, montre qu'il a commencé à réfléchir à toutes ces questions avant que ma mère ne rencontre mon père.

Le dimanche matin, Kreuzer et moi partons dans la forêt. Kreuzer a une vieille voiture toute déglinguée mais qui roule encore bien. Il s'arrête au départ d'un chemin qui s'enfonce dans les bois. À mon arrivée il y a quatre ans, je ne connaissais rien à la botanique. Sans se démonter, Kreuzer m'a révélé les propriétés des herbes et des plantes. Chacune a un pouvoir qui lui est propre, il les connaît toutes par leurs noms latin, allemand et anglais. Je me suis souvent demandé d'où il tire son savoir. Il n'a pas eu l'occasion d'étudier. À l'âge de quinze ans, il était en apprentissage ; depuis il ne s'est consacré à rien d'autre qu'à ses mannequins. Pourtant sur une foule de sujets il est intarissable. Un matin que nous cueillions ensemble les plantes, les feuilles, les aiguilles ou les pignes de pin qu'il me désignait, Kreuzer m'a dit qu'il n'avait pas véritablement besoin d'autant d'espèces différentes. Il a eu cette parole bizarre : Ce qui est important, c'est de rendre au bois l'air de la forêt, L'idéal serait de sculpter en plein air afin que le bois soit battu aux quatre vents. Je lui ai demandé pourquoi il ne tentait pas l'expérience. C'est impossible, J'ai déjà essayé il y a très longtemps de cela, j'avais sorti Manikin 12 et je l'avais posé au milieu des fleurs et des oiseaux, Mais je ne pouvais rien en faire, il n'arrêtait pas de bouger, de se gonfler et de se rétracter comme s'il était en train de respirer. Voilà qui ressemble bien à Kreuzer. Tout ce qui pourrait l'aider à sculpter ses mannequins, il l'a tenté d'une façon ou d'une autre. Si quelqu'un lui disait que son ciseau glisserait mieux sous l'eau, il s'accrocherait à Manikin 99 par la cheville et se précipiterait avec lui dans la Tamise séance tenante.

Nicholas ramasse la crème du bout des doigts puis en dépose une noisette sur le visage de Linda. Il suit méthodiquement les contours du front, de la mâchoire, du crâne. La crème est plus foncée que le mannequin, mais très vite, elle disparaît sous les doigts de Nicholas pour pénétrer le bois. Nicholas prend son temps. Pour agir efficacement, la lotion doit être appliquée lentement, intensément. À présent, le visage de Linda resplendit, les pommettes, les pupilles, brillent d'un éclat magnifique. Nicholas plonge les mains dans le bol. Cette fois, les mains sont couvertes de crème, des paumes jusqu'au bout des doigts. Elles se lèvent et s'abattent sur le buste de Linda dont elles accompagnent les formes encore indécises. La crème se déploie en grandes traînées sombres. Nicholas l'étale sur les flancs de bois, sans un bruit, sans jamais faire chanceler le mannequin. Ses mains vont et viennent, s'attardent sur le haut des épaules, glissent peu à peu sur les seins, les côtes, les hanches dans un massage en apparence désordonné mais qui finit par couvrir tout le corps, l'intérieur des cuisses, le creux de l'avant-bras. Les yeux de Nicholas sont ailleurs. Depuis longtemps, il n'a plus besoin de regarder Linda pour en épouser les lignes. Les mains de Nicholas sont infiniment plus savantes que ses yeux, elles connaissent des détails qu'ignore le regard le plus perçant, elles savent l'allure de la jambe, la distribution des chairs, la résolution qu'elles lisent à la pointe du menton. Les mains de Nicholas ont appris à se passer de leur maître. Dans les rites, elles se libèrent, elles parcourent le bois, indifférentes aux paroles qu'échangent les deux hommes. C'est du jour l'heure privilégiée où Kreuzer et Nicholas peuvent discuter librement, de leur soirée, des diverses tâches qui les attendent, des souvenirs du temps jadis, tandis que leurs quatre mains sont tout entières occupées des mannequins, les caressent, les nourrissent.

4

Manikin 96 — Paul — a succédé à Linda entre les mains de Nicholas. Paul est plus avancé que Linda. Le visage est quasiment terminé, les bras sont croisés sur la poitrine en une attitude d'attente légèrement ironique. Tout le poids du corps repose sur la jambe droite dont les muscles saillants gonflent le bois. Le pied gauche, lui, n'est en contact avec le socle que par le métatarse. Le buste est rejeté en arrière, la tête haute. Paul regarde devant lui mais son attitude indique qu'il est ailleurs, qu'il se sent à peine concerné par les allées et venues de Nicholas.

Il y a quelque chose dans l'allure de Paul qui ne me satisfait pas complètement. Vu sa position, la musculature devrait apparaître plus nettement. Le genou devrait être plus saillant. La cuisse surtout demande à être reprise. Le muscle est encore une grosse boule confuse, il manque de longueur et de puissance. Je ne sais pas encore très bien comment je vais m'y prendre. Kreuzer attache une grande importance à l'anatomie. Il me trouve très en retard là-dessus. Il répète sans arrêt que je devrais prendre des cours à l'Académie des arts. Et plus je m'entête à ne pas suivre ses conseils, plus il me fait travailler sur des positions difficiles, afin que je touche du doigt mon impuissance.

Paul est destiné à finir son existence aux États-Unis. Un jour, l'atelier a reçu un appel de Chicago. Le directeur de l'Institut d'art de la ville souhaitait que Kreuzer réalise un mannequin pour son musée. Pouvaient-ils se rencontrer la semaine suivante, lors d'un de ses passages à Londres ? Kreuzer n'a jamais refusé un rendez-vous à qui que ce soit. Il rejette parfois des commandes mais il permet à chacun de s'expliquer sur les raisons de sa requête. Il accueille les candidats dans son atelier, le soir après vingt heures, quand se sont tues les rumeurs de la rue et que s'achève la journée de travail.

Le directeur de l'Institut d'art, Mr Newsome, fut exact au rendez-vous. C'était un homme très élégant, portant chapeau et canne ainsi que des favoris qui lui tombaient jusqu'au menton. Il était accompagné d'un jeune homme beaucoup plus commun qui parlait trop et, le plus souvent, à mauvais escient. Il était habillé comme un Américain et mena à mon maître une cour grossière, d'autant plus vaine que la décision de Kreuzer, si j'en crois ce qu'il me dit plus tard, était déjà prise depuis une semaine.

Mr Newsome demanda d'abord à visiter l'atelier. Son dadais d'assistant s'extasiait à tout propos. Chaque esquisse, chaque étude « surpassait en vigueur ce qu'il avait pu voir de plus inspiré au cours de ses investigations pluridisciplinaires ». Je dissimulais difficilement mon mépris mais mon maître s'amusait du manège de ce pitre. Finalement, quand il jugea que la comédie avait assez duré, il le remit à sa place en lui apprenant comme incidemment que le mannequin devant lequel il se pâmait depuis un quart d'heure était ma première réalisation en tant qu'apprenti. Après quelques secondes d'un silence gêné, je dus subir à mon tour une litanie de compliments. Mr Newsome heureusement était beaucoup plus mesuré. Ses propos témoignaient d'une parfaite connaissance de l'œuvre de mon maître. Certes, il n'y a que quatre-vingt-quinze mannequins de Kreuzer en circulation dans le monde : il faut espérer que le directeur d'un des plus grands musées du monde est capable de les identifier tous par leur nom et leur numéro. Mais Mr Newsome faisait mieux que cela. Il avança sur chacun des remarques pertinentes, souvent inédites, qui me portèrent à croire qu'il s'était déjà trouvé face à face avec la plupart des quatre-vingt-quinze créations de Kreuzer.

Mr Newsome tentait de faire réagir mon maître. Il sollicitait ses commentaires, guettait ses paroles et ne pouvait faire autrement que de prendre ses silences pour autant d'approbations. Il fit — assez maladroitement — allusion à une pique d'un critique américain selon laquelle *Homme flasque* exposé au MOMA était inexpressif parce que ivre mort. Kreuzer ne releva pas. Il assura Mr Newsome qu'il aurait son mannequin, fixa son prix qui me parut étonnamment raisonnable et refusa de s'engager sur quelque délai que ce soit. Mr Newsome dut s'estimer heureux car il renvoya son assistant puis nous invita à dîner dans l'un des meilleurs restaurants de Londres.

J'ai mis quelque temps à comprendre que mon maître ne s'intéressait pas à ce qu'on pouvait penser de sa production. Il ne lit jamais le compte rendu de ses expositions, il ne demande pas à ses visiteurs leur opinion sur ses travaux en cours, il se soucie comme d'une guigne de la place qu'il aura dans les dictionnaires. Le plus surprenant, c'est qu'il ne s'inquiète pas davantage du sujet de ses œuvres. Ses quatre-vingt-quinze mannequins sont des hommes, des femmes ou des enfants qui se tiennent debout, sans jamais adopter une position particulièrement déterminée. En fait, toutes les œuvres de mon maître sont si banales en apparence qu'elles pourraient être des mannequins de grands magasins. Or ce ne fut le cas que pour le premier d'entre eux. Depuis longtemps, les mannequins de Kreuzer sont présents dans les plus grands musées du monde, dans des collections privées ; deux d'entre eux sont même exposés dans les sièges sociaux de multinationales. Kreuzer pourrait sculpter des couples, des farandoles, des vieillards à l'agonie et y réussirait sans doute tout aussi bien. Mais il s'est toujours limité à des personnages isolés, debout et, en somme, fort classiques. C'est ce qui fait dire à certains que Kreuzer n'est pas un maître de la sculpture sur bois comme ses admirateurs le prétendent mais bien plutôt un maître du mannequin et du mannequin seulement, dans tout ce que ce terme a de précis et de restreint. À l'intérieur même de cette discipline, je trouve parfois que Kreuzer ne fait pas preuve d'assez d'imagination. Ses personnages ne lèvent pas la jambe, ils ne pirouettent pas et ne tirent jamais la langue. Les plus audacieux (Paul est de ceux-là) croisent les bras. J'ai mis du temps à comprendre les raisons de ce classicisme et encore n'y suis-je pas arrivé totalement. Il me faut me fier aux explications de mon maître, brèves, partielles, volontiers laconiques. D'après Kreuzer, la sculpture est un champ d'une immense étendue. On ne saurait prétendre y exceller. La sculpture sur bois est encore un domaine trop vaste pour un seul homme. En revanche, la sculpture de mannequins fournit l'exemple d'une discipline de taille satisfaisante, juste assez grande pour receler des possibilités infinies, juste assez réduite pour laisser une chance d'y réussir honorablement à celui qui la pratique. À chacun de trouver sa voie, dit souvent mon maître qui ajoute ce constat en forme de question : Blamstift avait ses figurines, J'ai mes mannequins, Et toi, que feras-tu ?

Je crois que Kreuzer a raison, même s'il m'arrive de regretter qu'il ne s'essaie pas à d'autres genres. Je comprends ceux qui se donnent tant de peine pour baptiser les créations de mon maître. Kreuzer se contente de leur attribuer un numéro, qui correspond à leur rang dans sa production. Puis le propriétaire leur donne un prénom, Linda, Paul ou Joseph. Mais les critiques ont besoin d'une abstraction supplémentaire. Ils isolent les maigres caractéristiques des mannequins — sexe, âge, corpulence, position... — pour composer des titres pauvrement évocateurs. Je dis pauvrement car ils restent rigoureusement factuels. Manikin 28 — Louis — est devenu *Homme tenant sa barbe*, Manikin 71 — Angela — *Femme épaisse aux pieds joints*. Manikin 66 — Gilles — est *Homme flasque*, Manikin 19 — Jean — *Homme maigre tendant la main*. Le propriétaire de Jean tenta de substituer à ce titre celui de « mendiant » mais il n'y réussit pas. Faire de Jean un mendiant, c'était déjà aller au-delà des intentions de Kreuzer. Rien ne permet de supposer que la main tendue du mannequin appelle l'aumône, si ce n'est sa maigreur et celle-ci ne constitue pas une preuve suffisante. Non, tout ce que l'on peut dire de Jean se résume à *Homme maigre tendant la main*. Peu à peu, ces quelques mots se sont imposés. Pourtant, je suis sûr que le but de Kreuzer n'a jamais été de représenter un homme maigre tendant la main. Il s'est contenté de sculpter le bois, conférant à son œuvre cette posture à défaut d'une autre, comme il aurait pu lui en donner une radicalement différente. Voilà ce que je veux dire quand j'avance que mon maître ne se soucie pas de ses sujets.

Les critiques n'aiment pas mon maître. Ils tirent prétexte de son indifférence pour lui refuser le statut d'artiste. Selon eux, Kreuzer est un artisan, « doué mais borné ». Mon maître connaît cette définition. Loin d'en prendre ombrage, il s'estime flatté. Borné, cela signifie limité, Se trouve-t-il des gens qui ne le soient pas, qui puissent créer sans contraintes et sans limites ? Qu'ils se rassurent, je m'arrêterai bien un jour, et plus tôt qu'ils ne le croient, Doué, ma foi c'est un bien grand mot mais, n'importe, j'accepte le compliment.

Le jour où Kreuzer a prononcé ces mots, j'ai trouvé qu'il rebondissait un peu facilement. Il affectait de prendre la remarque au premier degré et de ne réagir que sur les termes employés, sans voir le mépris qui se cachait derrière. Le travail du bois n'est pas l'apanage de mon maître et il ne suffit certainement pas à lui conférer le rang d'artiste. En revanche, ses thèmes d'inspiration si désespérément limités, son détachement complet quant à l'interprétation qui se fait de son œuvre, la manière dont il privilégie parfois un grand magasin au détriment d'une galerie renommée, sont autant d'arguments qui plaident en faveur de ceux qui aimeraient voir en Kreuzer un simple artisan. C'est un fait, mon maître aura passé toute sa vie à faire sortir d'une bille de bois des mannequins presque tous identiques, se distinguant seulement par leur bedaine ou leur raideur.

Ses partisans soutiennent qu'en se consacrant entièrement à la réalisation d'hommes de bois, Kreuzer accède à un niveau supérieur, transcende l'espace d'un instant sa condition d'ouvrier. Les critiques ne l'entendent pas de cette oreille. Ils disent de mon maître que son univers est flou et sans intérêt, qu'il a échoué dans ses projets les plus ambitieux, faute d'avoir précisé ses intentions. Intentions, voilà un mot qui, lorsqu'on connaît Kreuzer, paraît étrangement déplacé. Il n'y a pas d'intentions pour Kreuzer, il n'y a que des pâtes, des huiles, des lames ou des rabots. Le dessein général d'un mannequin pèse moins lourd qu'un copeau de bois. Kreuzer ne fait pas davantage de commentaires sur mes aspirations. Peu lui importe que je veuille sculpter la douleur ou fixer le vide entre les êtres. Les seules questions qui le préoccupent se ramènent invariablement à l'épaisseur d'une lotion ou aux chevilles qu'il s'agit de rendre aussi discrètes que possible. Dans les premiers temps, j'interrogeais mon maître. Je lui demandais ce qu'il fallait penser des traits tirés de Manikin 9 — Eleonore. Rien du tout, Cette pièce de noyer était sèche comme de la poussière, Tout le temps que je m'en suis occupé, elle était au bord de rompre, Au bout du compte, j'ai préféré vernir et conserver les pommettes en l'état, tendues et petites, C'était une erreur, Deux ans après j'ai mis au point la crème dont j'aurais eu besoin à l'époque, à base de laurier et de lait, En hydratant le bois elle lui rendait sa mollesse. J'ai peu à peu découvert que tous les mannequins que j'avais admirés et qui m'avaient donné envie de marcher sur les traces de Kreuzer étaient nés d'impossibilités matérielles, de tâtonnements surprenants, de solutions de fortune. On en arrive à une parfaite contradiction avec les commentaires des critiques. C'est en vain qu'on chercherait la part du gratuit dans les œuvres de mon maître. Elle se réduit à rien, anéantie qu'elle est par la logique concrète, irrémédiable du bois et du ciseau.

Maintenant que je me suis bien pénétré de cette idée, j'en aperçois les aspects positifs. J'ignore si Kreuzer est un génie au sens qu'on attribue généralement à ce terme. Ce que je peux affirmer sans craindre de me tromper, c'est qu'il est un génie de la technique. Personne n'a fait avancer autant que lui le travail du bois. Depuis bientôt cinquante ans, il n'est pas un problème sur lequel il ne se soit penché avant tous les autres, fournissant dans un premier temps des éléments de réponse puis une solution complète. Kreuzer a façonné jusqu'aux outils que nous utilisons à présent. Ignorer son apport, ce serait comme pratiquer l'observation astronomique sans lunette. Et le temps qui passe ne change rien à l'affaire. Chaque jour, mon maître continue de trouver des solutions aux mille tracasseries qui pourraient l'entraver dans sa progression. Je suis naturellement le premier à profiter de cette innovation permanente. Sans me vanter, j'ai acquis en quatre années un bagage que m'envieraient bien des confrères de Kreuzer. Et je me moque après tout qu'il ne partage pas l'ensemble de mes conceptions. Ce qu'un apprenti demande à son maître, c'est qu'il lui enseigne les techniques, les savoirs qui lui permettront plus tard de faire œuvre de création à son tour.

5

Nicholas entreprend de tailler la cuisse droite de Paul. Celle-ci supporte tout le poids du corps et ressemble encore à un pilier entre la hanche et le genou, sans grâce ni finesse. Plus Nicholas la regarde, plus il sent distinctement que la jambe de Paul ne peut pas rester dans cet état. Kreuzer le lui a d'ailleurs bien fait comprendre en lui indiquant qu'elle serait son prochain travail et constituerait une étape supplémentaire dans son apprentissage de l'anatomie.

Pour Kreuzer, la maîtrise du mannequiniste se mesure avant tout à son respect des données anatomiques. Quand je suis lassé de ses commentaires incessants, il me donne les grands peintres en exemple. Léonard de Vinci, Michel-Ange, Picasso n'ignoraient rien des fonctions des organes, des muscles, des tendons, Sur bien des points, ils auraient pu en remontrer à des chirurgiens eux-mêmes, Quel travail il faut pour en arriver là ! Chacun d'eux a tracé des milliers d'esquisses, passant des heures devant des modèles à scruter la moindre raideur, la plus petite excroissance, Comme des sculpteurs qu'ils étaient aussi, ils s'approchaient, demandaient à toucher, à soupeser, à évaluer, Et quand les modèles refusaient de se laisser examiner d'aussi près, ils se mettaient nus et prenaient des poses devant leur miroir.

Je n'ai jamais beaucoup goûté l'anatomie. Kreuzer m'exhorte inlassablement à suivre les cours que donnent ses collègues de l'Académie des arts. Toujours, je trouve un prétexte, une course plus importante à faire, un travail urgent à terminer. Kreuzer n'est pas dupe : pour lui, la notion d'urgence n'existe pas, il ne s'est jamais engagé sur aucun délai, ses mannequins sont prêts quand il les juge tels. Il m'arrive toutefois de jeter quelques croquis sur le papier avant de me lancer dans un passage particulièrement difficile. Kreuzer, lui, ne s'embarrasse plus d'ébauches depuis longtemps. Le soutien du papier ne lui est plus d'aucune aide. Dans sa jeunesse, bien entendu, il s'est appliqué à lui-même les préceptes qu'il tente à présent de m'inculquer. Sur ma demande, il m'a fait voir des carnets couverts d'études dont les plus anciennes remontent à son séjour chez Blamstift. Dorénavant, seul le contact avec le bois lui est agréable. Contrairement à moi qui prend toujours quelques mètres de recul pour juger de mes efforts, mon maître s'approche du mannequin jusqu'à l'étreindre et fait courir ses mains sur les flancs, le visage, les jambes. Il a ses repères au bout des doigts quand je ne les ai pas encore sous les yeux.

Lors de leur première discussion, l'ignorance de Nicholas en matière d'anatomie effraya Kreuzer. Aujourd'hui pourtant, elle est en passe d'être comblée. Si Nicholas rechigne à fréquenter les bancs de l'Académie des arts, il retient en revanche toutes les leçons de Kreuzer. Plus intuitif que ce dernier par certains côtés, il se soucie moins de mettre un nom sur chaque muscle ou de connaître le nombre exact d'os que contient le pied. Par contre, il fait preuve d'une attention redoublée quand Kreuzer décompose devant lui le travail de la jambe pendant la course, la torsion du bras qui se lève vers le ciel, la naissance de la cavité que creusent entre elles les omoplates saillantes. Je suis las par avance des cours empesés que dispensent les professeurs en blouse blanche. Pourquoi irais-je les écouter quand le plus grand de tous les mannequinistes travaille à mes côtés et ne me juge pas indigne de partager ses trouvailles ?

Au ciseau très fin, Nicholas a rectifié la ligne de la jambe de Paul. Il lui a fallu près de deux heures pour affiner l'intérieur, bomber l'arrière, insuffler de la vigueur à cette colonne de bois. La poussière jaune s'est déposée sur ses chaussures. Il n'est pas mécontent du résultat. Ainsi campé sur sa jambe droite, Paul dégage une impression de puissance tranquille, de sérénité vaguement goguenarde. Peut-être faudrait-il dégager le genou davantage. C'est difficile à dire. Celui qui travaille le bois ne peut revenir en arrière. Il doit être d'autant plus circonspect et réfléchir à deux fois avant de pratiquer un amincissement irréparable. Nicholas, sur cette jambe, a atteint sa limite. Il entrevoit les améliorations qui sont encore nécessaires mais, faute de références plus tangibles, il ne se sent pas de taille à les apporter seul. Tout à l'heure, Kreuzer sera de retour. En passant la porte de l'atelier, il notera d'un coup d'œil l'intervention de Nicholas. Il s'approchera lentement de Paul puis il en fera le tour dix fois, regardant tantôt la jambe, tantôt l'assise du buste et la position du bassin. Il saisira la cuisse entre ses paumes, appréciant la santé du bois, sa souplesse, son élasticité. Nicholas, veux-tu me donner mon ciseau ? demandera-t-il machinalement. Nicholas s'empressera d'obéir, sans quitter des yeux la jambe de Paul, soucieux de garder l'image de ce membre imparfait, en cours. Alors, en trois coups brefs, Kreuzer gommera la rondeur exagérée de la rotule, creusera brusquement l'arrière du genou, soulignera le travail des adducteurs. Quand Kreuzer s'écartera, Nicholas découvrira avec émerveillement Paul tel qu'il l'avait imaginé, mais aussi tel qu'il se sentait incapable de le sculpter. Il pensera que trois coups de ciseau le séparent encore de son maître.

6

Les dix coups de Saint-Paul marquent l'heure de la pause. Chaque jour à dix heures, Kreuzer et Nicholas laissent leurs instruments et s'attablent dans un coin de l'atelier. Ils recommencent à entendre les voitures, les conversations, les marteaux des ouvriers. Kreuzer se lave les mains tandis que Nicholas prépare le café, sur une vieille machine allemande que son maître traîne avec lui depuis des dizaines d'années. La pause dure trente minutes, pendant lesquelles Kreuzer ne dédaigne pas de discuter. Il pose des questions à Nicholas sur sa soirée de la veille, sur ses travaux, sur ses parents.

Kreuzer n'a plus de famille. Son père et son frère furent tués sur le front russe. La mère ne leur survécut pas longtemps. En 1943, elle partit s'installer chez une amie à Rostock. En 1946, alors qu'il était établi en Angleterre depuis neuf ans, Kreuzer vit revenir une de ses lettres. L'enveloppe était barrée d'un « décédée » à l'encre rouge. Les obsèques avaient eu lieu quatre jours plus tôt. Kreuzer n'avait ni oncle ni tante ; du jour au lendemain, il se retrouva seul.

Je n'ai jamais osé demander à mon maître pourquoi il n'était pas rentré en Allemagne entre 1937 et 1946, ou au moins après la défaite allemande, lorsque son retour sur le sol allemand ne l'exposait plus à une incorporation forcée. Il semblerait que les liens qui unissaient Kreuzer et ses parents aient toujours été assez lâches. Mon maître parle plus volontiers de Blamstift que de son père. Outre son savoir, le premier lui prodigua vraisemblablement une affection très supérieure à celle que Kreuzer pouvait trouver chez lui. Surtout je crois Kreuzer très éloigné de toute préoccupation familiale. Pour qui se penche sur sa vie avec le recul suffisant, il est clair que mon maître se consacra presque exclusivement à ses mannequins. C'est d'ailleurs peut-être chez ceux-ci qu'il faudrait chercher les véritables descendants de Kreuzer, en tout cas les êtres qui mobilisèrent le plus son énergie et sa tendresse. Dans la hiérarchie des relations naturelles, Kreuzer se pose davantage en père de ses mannequins qu'en fils de ses parents.

Il serait exagéré de prétendre que mon maître souffre de l'absence d'une famille. La détermination avec laquelle il a écarté cinquante ans durant tout dessein matrimonial prouve assez qu'il s'accommode parfaitement de sa situation. Cependant, j'ai remarqué qu'il aime m'entendre parler de mes parents ou de mes sœurs et qu'il amène parfois délibérément la conversation sur ce terrain. Je visite les miens trois ou quatre fois l'an. Ma famille n'est pas grande mais nous sommes très proches les uns des autres et les rares occasions que nous avons de nous réunir sont toujours prétextes à des soirées joyeuses, chaleureuses, interminables. Lorsque je suis entré chez Kreuzer, mes parents ignoraient jusqu'au nom de celui-ci. Après avoir pris leurs renseignements, ils furent pleins de fierté à l'idée que leur seul garçon apprendrait son métier du plus grand mannequiniste qu'ait connu l'Angleterre. Nos repas se transformèrent en séances de questions, questions sur Kreuzer, sur son histoire, ses goûts ou ses relations. Car j'ai pu constater que mes parents, comme beaucoup de profanes, sont plus curieux du personnage que de son œuvre. C'est en vain que je tenterais de leur montrer les mérites de Paul ou de Linda. Seuls les intéressent le prix qu'en donnent les musées ou l'aménagement de notre atelier sous les toits. Je mentionne quelquefois devant mon maître cet intérêt dont il est l'objet. Kreuzer n'est pas homme à se laisser flatter. Il me semble cependant qu'il apprécie de nourrir la conversation de mes parents, quand bien même celle-ci se situe hors de toute préoccupation artistique.

Il est quelque chose de plus surprenant encore que le peu de liens familiaux que conserva Kreuzer en traversant la mer du Nord. Mon maître n'a jamais eu d'amis. Il n'a jamais fait la moindre référence à une liaison, à un commerce un peu régulier, et encore moins à une véritable amitié. Indifférent à son image, Kreuzer ne se soucie pas d'entretenir des relations avec le milieu critique. Seul ou presque sur le terrain du mannequin, il ne fraie guère avec ses collègues, d'autant moins d'ailleurs qu'il n'en est pas un qui ne se soit honteusement approprié ses méthodes. Mais c'est surtout dans la vie de tous les jours que mon maître révèle le plus son incapacité à engager une relation amicale avec qui que ce soit. Il ne sort plus que pour escorter ses mannequins en leurs nouvelles demeures. Sitôt rentré de Los Angeles ou de Paris, il se terre à nouveau pour de longs mois au cours desquels il m'encourage à sortir mais refuse toujours de m'accompagner. Il connaît à peine son voisin de palier et encore plus mal sa concierge. Quant à la jeune fille qui lui apporte ses repas, il n'a jamais pu mémoriser son prénom, ce qui lui vaut dans l'immeuble la réputation d'un homme égoïste et sans cœur. J'ignore si cette impression est fondée ; je comprends en tout cas que certains aient pu la former.

En fait, Blamstift fut probablement le seul être qui impressionna véritablement Kreuzer. Je ne connais de leurs rapports que ce que mon maître a bien voulu m'en dire. La part manquante, je l'imagine à partir de nos propres relations car j'aime à croire que Kreuzer fut à Blamstift ce que je suis pour lui aujourd'hui, un apprenti consciencieux, inquiet à l'idée que pourrait disparaître un jour un savoir si précieux, prêt à tous les sacrifices pour en assurer la pérennité.

Seul attablé, Nicholas boit son café à petites gorgées. La demi-heure qui lui semble d'ordinaire si courte n'a jamais été aussi longue. Il regrette Kreuzer et ses questions, ses digressions souvent surprenantes, sa saine fatigue au cœur de la matinée. Il se demande si son maître arrivera enfin. Il est tout de même la demie de dix heures à présent. Kreuzer n'est pas coutumier de semblables escapades. Sans doute aura-t-il reçu un appel la veille au soir lui demandant de prendre sa journée et d'accourir pour un événement rare.

Oui, en vérité, Blamstift fit beaucoup pour mon maître, jusqu'à ce qu'il disparaisse prématurément dans les circonstances que l'on sait, ou plutôt que l'on ne sait pas, ravi un matin à son atelier par une force inconnue, sans explications ni raisons. Si Blamstift vivait encore, lui pourrait nous dire quel adolescent était Kreuzer. (Avec la meilleure volonté, je ne puis remonter au-delà de l'adolescence de mon maître. La puérilité lui est étrangère comme au moine l'insolence. Sur ses traits transparaît une gravité telle qu'elle n'a pu lui venir avec l'âge, il faut croire qu'elle a marqué son visage dès le premier jour.) Mais si Blamstift vivait encore, qui sait si Kreuzer n'officierait pas toujours dans son ombre ?

7

Nicholas rince sa tasse et passe un coup de torchon sur la table. Kreuzer lui a inculqué ce sens de la propreté qui parfois confine à la maniaquerie, perceptible dans tout l'atelier. Le plancher est périodiquement revitrifié, les boiseries sans cesse revernies, année après année les murs de l'atelier restent immaculés. Au mur est suspendu un cadre noir contenant une photographie de Manikin 1, le premier mannequin de Kreuzer, réalisé au début de l'année 1938. Kreuzer ne s'est jamais dessaisi de ce cliché, pris lors de l'inauguration par Mr Spalding-Jones du nouveau rayon de mode masculine des établissements Harrods.

Kreuzer s'embarqua à Calais dans les premiers jours de l'année 1937. Il avait pris le train de Cologne à Paris, puis de Paris à Calais. Il paya son passage avec quelques pièces que lui avait données Blamstift. À Douvres, il prit encore le train et fit son entrée à Londres, un soir de janvier à la nuit tombante, sous une pluie fine, persistante, qui transperça son bagage et endommagea partiellement la seule figurine qui lui venait de Blamstift. Il s'installa dans une soupente des environs du port. La lettre de recommandation cosignée par les deux frères Blamstift lui ouvrit les portes des plus grands établissements de la capitale. Kreuzer put se permettre de choisir sa maison. Il entra au service de Messieurs Moore et Laurenson, qui comptaient dans leur clientèle des membres éminents de la Chambre des lords.

Kreuzer s'ennuya dans son travail. Il fit subir à ses employeurs la comparaison avec les méthodes de Blamstift et l'impression fut globalement défavorable. Rien de ce qu'il vit dans les ateliers anglais ne lui parut nouveau. Seule la technique de marqueterie lui semblait plus avancée de ce côté de la Manche. Il ne fut pas long à la maîtriser et à mener des travaux dans lesquels Mr Laurenson lui-même se serait senti dépassé s'il y avait été convié.

Il s'estima enfin prêt à se lancer dans la réalisation de sa première œuvre. Un matin que celui-ci passait à l'atelier, il obtint de Mr Moore la permission d'emporter chez lui plusieurs pièces d'un acajou que sa qualité, censément médiocre, rendait impropre à l'usage. Kreuzer s'employa dans un premier temps à redonner au bois l'éclat et la vigueur indispensables à la réussite de son projet. Il utilisa pour cela des décoctions de plantes dont la recette lui venait de Blamstift. Quand l'acajou afficha de nouveau sa belle couleur rouge, il entreprit d'en sculpter chaque pièce séparément avant de les réunir par un jeu de chevilles excessivement discret. Il lui fallut moins de quatre mois pour donner à l'ensemble la forme d'un homme de belle taille (six pieds environ), à la jambe conquérante, aux larges épaules, légèrement rejetées en arrière.

Si étrange que cela puisse paraître, Kreuzer n'avait aucune idée de la destination qu'il pouvait donner à son œuvre. Il ne s'était jusque-là jamais soucié d'écouler ses créations. L'exemple de Blamstift, Moore ou Laurenson dont la production était toujours commandée et payée plusieurs mois à l'avance ne l'avait d'ailleurs pas encouragé à développer cet aspect de son métier. Il réfléchit longtemps et s'avisa que les grands magasins faisaient un usage courant de ce genre de mannequins. Déjà à l'époque, ceux-ci étaient généralement placés en évidence à l'intersection des allées et portaient sur les épaules les vêtements que le chaland pourrait trouver dans le rayon. Ils remplissaient une double fonction de décoration et d'instrument commercial, leur présence distrayait autant qu'elle faisait vendre.

Kreuzer ne connaissait à Londres qu'un grand magasin, celui que l'on donne en exemple du raffinement britannique : Harrods. Il y avait passé un après-midi tantôt, à examiner les voiturettes en bois, les poupées et les jeux de construction, déplorant une fois de plus la piètre qualité des matériaux ou la grossièreté des finitions.

Le débouché était incertain mais le transport l'était plus encore. Kreuzer fit appeler un cab. Le chargement à lui seul constitua une épreuve qui faillit avoir raison de sa détermination. Le chauffeur refusa d'abord de prendre à son bord cette silhouette raide, emballée des pieds jusqu'à la tête dans du papier journal. Il ne voulait pas d'histoire avec la police, les gens — notamment les étrangers — avaient un peu trop tendance à prendre les chauffeurs de taxi pour des imbéciles. Kreuzer parlait encore très mal l'anglais et se sentait incapable de démêler la situation. Il écarta alors le papier journal, fit toucher à l'homme la joue du mannequin et dit à peu près : Il n'est pas mort, C'est un faux. Le chauffeur se contenta de cette explication. Mais le mannequin ne rentrait pas dans la voiture. Les deux hommes eurent beau le tourner en travers et abaisser la banquette, rien n'y faisait : on ne pouvait fermer la portière qui venait inlassablement buter contre les pieds en rendant un son mat exaspérant.

Quand Kreuzer raconte cette histoire, il force son accent allemand dont il ne s'est jamais complètement débarrassé. Il retrouve l'air mal assuré, penaud, presque misérable qu'il affichait alors, bredouille quelques mots dans un charabia indescriptible. Nicholas lui donne la réplique en prenant pour le chauffeur un accent cockney quasiment incompréhensible. Kreuzer mime la scène et imite le bruit de la portière récalcitrante, le grincement de la banquette, le bruissement du papier journal qui, en découvrant le bois, exposait le mannequin au moindre choc.

Il fallut décapoter. C'est verticalement et la tête à l'air que le mannequin parcourut les trois miles qui séparaient la chambre de Kreuzer du grand magasin. La réception fut tout aussi pénible. Il n'était pas question de laisser entrer cet homme qui, sans autre cérémonie, entendait traîner à sa suite ce qui ressemblait fort à une momie des temps modernes. Kreuzer parlementa aussi longtemps qu'il fut nécessaire. Son vocabulaire ne s'était pas élargi depuis l'épisode du taxi mais il sut apparemment en tirer le maximum. Au bout de quinze minutes, on envoya chercher Mr Spalding-Jones. Celui-ci descendit presque aussitôt de son bureau du troisième étage. C'était un homme à l'accoutrement original, pour ne pas dire excentrique, mais dont l'allure témoignait d'une telle assurance que les personnes qui lui étaient présentées manifestaient d'abord un certain étonnement puis finissaient toujours par se reprocher la banalité de leur tenue.

Mr Spalding-Jones se fit exposer les faits. Il dévisagea longuement Kreuzer, parut satisfait et demanda qu'on déballe le mannequin. Kreuzer procéda seul à cette opération. Cinq minutes après, Manikin 1 se présentait aux yeux de tous. On entendit quelques cris de surprise. Les vendeurs se rapprochèrent, incrédules. Mr Spalding-Jones leur ordonna de garder leurs distances. Il s'avança et observa à sa guise le visage et le cou. Il se retenait pour ne pas tendre la main et suivre du bout des doigts la ligne carrée de la mâchoire ou le bombement du front. Puis, il marcha en rond autour du mannequin, ravi de découvrir que le dos n'était pas moins réussi que la face, que la finesse des traits n'éclipsait en rien la rigueur des creux, des courbes, des volumes.

En dépit de tous les préjugés qui entouraient de longue date l'usage du mannequin, Mr Spalding-Jones devina immédiatement quel parti l'on pouvait tirer d'une réalisation dont les proportions aussi harmonieuses magnifiaient à ce point la beauté du corps humain. Il ne se fiait pas au seul jugement de son goût. Sans doute espérait-il recréer le phénomène d'identification peu à peu oublié qui avait présidé à la naissance du mannequin. Manikin 1 était un homme à la carrure solide mais dont les traits étaient relativement communs. Il n'avait pas moins d'une quarantaine d'années. Sans être vraiment enveloppé, il présentait un léger embonpoint. En fait, rares étaient les clients de Harrods qui ne pouvaient se reconnaître en lui d'une façon ou d'une autre. Pour ne décevoir personne, Mr Spalding-Jones eut d'ailleurs la prescience de ne pas baptiser le mannequin qui reste connu sous son seul numéro de rang. Ainsi Manikin 1 devint-il l'auxiliaire puis l'ami des vendeurs de Harrods. Certains clients, en effet, lorsqu'ils hésitaient sur le choix d'une veste ou d'un pantalon, demandaient qu'on en habille Manikin 1. Ils appréciaient de pouvoir former leur jugement en toute indépendance, en examinant un autre soi-même, à la fois plus proche et plus distant que ne l'était jadis leur reflet dans le miroir.

Surtout, Mr Spalding-Jones eut l'intuition de l'engouement qu'allait provoquer Manikin 1. Les rayons ne désemplissaient pas de femmes qui venaient admirer le mannequin et regretter à haute voix qu'une telle innovation n'eût pas été réservée par la direction de l'établissement à celles qui en avaient le plus besoin. Cette affluence inespérée bénéficia pleinement au rayon de Mr Spalding-Jones puis, par contagion, à l'ensemble du troisième étage. Les autres grands magasins assistaient impuissants au succès de leur rival. Ils multipliaient en vain les campagnes de promotion et voyaient s'éloigner un à un leurs clients les plus fidèles, happés par le rayonnement tranquille de Manikin 1, séduits par son regard de bois et ses épaules carrées. Manikin 1 devint peu à peu l'emblème de Harrods, une sorte de mascotte que le magasin utilisait en toute occasion pour s'approprier un peu de sa popularité. C'est ainsi que la première œuvre de Kreuzer rencontra le grand public : sur d'immenses panneaux d'affichage couvrant les murs du métro, dans les pages glacées des magazines.

Puis les gens demandèrent qu'on leur présente l'auteur de ce chef-d'œuvre. Déjà, ils s'apprêtaient à recevoir comme un créateur celui qu'ils auraient considéré un an plus tôt comme un vulgaire sculpteur de mannequin. Car, contrairement à d'autres qui durent batailler longtemps pour imposer leur spécialité, Kreuzer fut reconnu en quelques semaines. Il n'eut pas à s'expliquer patiemment sur ses intentions ou à justifier par son travail et sa réflexion la portée artistique de ses mannequins. La notoriété le prit au dépourvu, ravalant comme sans s'en rendre compte plusieurs siècles de l'histoire du mannequin au rang de balbutiements, de préparatifs en vue d'une œuvre supérieure. Là encore, Mr Spalding-Jones comprit qu'il avait tout intérêt à répondre à la demande du public. Mieux, en présentant habilement les choses, il pouvait se voir créditer de la découverte d'un jeune talent. Au printemps de l'année 1939, le directeur de Harrods en personne posa une plaque sur le socle de Manikin 1. Le texte rappelait l'attachement du grand magasin à l'innovation sous toutes ses formes, qu'elle soit technique, culturelle ou commerciale. Le dessein de Spalding-Jones était double. Il profita de la réception qui suivit la cérémonie pour lancer sa collection d'été. Il espérait également flatter Kreuzer et prendre une option sur sa deuxième réalisation.

On ne gagne rien à encenser Kreuzer. Ceux qui s'y sont essayés s'en sont toujours mordu les doigts. Kreuzer ne se déplaça pas au cocktail donné par Harrods. Malgré les propositions insistantes de Messieurs Laurenson et Moore qui lui offraient de l'associer aux destinées de leur maison, il avait rapidement quitté la menuiserie. Avec les cent livres que lui avait rapportées la vente de Manikin 1, il avait loué un atelier dans le quartier de Saint-Paul et s'était aussitôt attelé à la composition de sa deuxième œuvre. Il reçut de nombreuses visites, principalement des autres grands magasins qui espéraient combler une partie de leur retard en acquérant un mannequin à leur tour. Un millionnaire de Brighton lui proposa simplement de fixer son prix.

Nicholas n'aime pas se comparer à Kreuzer. D'ailleurs, Kreuzer le lui interdit formellement. Blamstift a sculpté sa première figurine quand il avait cinquante ans, Trente ans, voilà ce qu'il faut souvent pour rassembler les matériaux dont on a besoin, Surtout ne sois pas pressé, Dis-toi que ce n'est pas la première œuvre qui compte mais la dernière et qu'à commencer maintenant tu risquerais de donner ta dernière œuvre trop jeune. Nicholas goûte la sagesse de Kreuzer mais ne peut s'empêcher de penser qu'à vingt-deux ans, Kreuzer dictait ses conditions à ses clients. Un seul mannequin, réalisé dans une soupente avec des moyens de fortune, a suffi à son maître pour populariser une discipline jusque-là méconnue. Tandis que Nicholas qui voit couler les jours ne se sent pas encore prêt à tracer son chemin.

8

Les pâtes, lotions et crèmes que prépare Kreuzer le dimanche ont toutes une fonction différente. L'une nourrit le bois, une autre l'assèche, une troisième le rend luisant comme un trottoir mouillé. Pour l'heure, Nicholas est occupé à masser la cuisse de Paul avec une préparation qu'il a trouvée sur une étagère de l'atelier. Selon Kreuzer, la réussite de Manikin 96 dépendra de l'impression de puissance qu'il dégagera. Les bras croisés, la cuisse tendue participeront évidemment de cette impression. C'est pourquoi il importe d'en souligner la force, la masse.

Nicholas ne parvient pas toujours à distinguer l'effet de la crème sur le bois. Quand il s'en ouvre à Kreuzer, celui-ci répond que l'œil voit des choses que le cerveau ignore. Un mannequin représente la synthèse de mille détails, apparemment anodins, mais qui concourent à la perfection de l'ensemble. Manikin 66 — Gilles — est une illustration de cette théorie. Une étude attentive de ses proportions ne révèle rien d'anormal. Gilles n'est ni trop grand ni trop petit, il a des bras épais mais sans exagération, le ventre est presque plat. Pourtant, Gilles est *Homme flasque*. En le voyant, on le trouve immanquablement adipeux. Cette chair qui, chez un autre, habillerait harmonieusement l'ossature paraît ici superflue, obscène. Une intuition étrange souffle au spectateur que Gilles devrait être squelettique, que sa corpulence est usurpée. C'est ainsi que Gilles est devenu *Homme flasque*, sans que personne ne s'y oppose, tant ce nom semblait naturel à tous.

Le secret de Gilles vient en grande partie de la dernière couche de vernis qui fut appliquée sur le bois. Ce vernis que Kreuzer avait mis au point spécialement pour la circonstance a de surprenantes propriétés. Il rend les masses inertes, presque inutiles. La vie et la légèreté abandonnent le bois ; ne restent que la pesanteur et la mort. C'est ainsi : le mannequin est mort, il est épais tout en étant mince, il est à la fois gras et musclé. Mais Gilles n'est qu'un exemple. Chaque réalisation donne à Kreuzer l'occasion de mener de nouvelles recherches. Car tous ses mannequins présentent une particularité technique, parfois invisible pour le profane, mais qui suffit à les distinguer de la production médiocre du reste de la profession. Certaines avancées sont plus significatives que d'autres. Le vernis de Gilles constitue un des plus beaux succès de Kreuzer, en ce sens qu'il altère l'apparence sans porter atteinte à la réalité du bois. Mais, d'autres trouvailles ne sont pas moins dignes d'admiration. Il y eut cette décoction qui augmentait la densité du bois en le contractant et donna au musée du Louvre l'extraordinaire *Homme recroquevillé*. Là encore, la performance est moins dans le travail de sculpture que dans les procédés qui en modifient la présentation : Manikin 73 — Lucas — n'est pas un gringalet au sens propre du terme. Pourtant, on a l'impression à le regarder que ses épaules rentrent en dedans, que sa tête s'enfonce dans son cou, que ses jambes ne demandent qu'à se dérober sous son tronc. Lucas s'excuse de vivre. Son attitude est une prière pour qu'on l'aide à disparaître de la surface de la terre. Et que dire de la *Femme hâlée* — Manikin 29 —, Eve, pour qui Kreuzer eut l'idée d'une lotion qui modifie la couleur du bois en fonction de la lumière ? Il procéda à d'innombrables essais de composition et de concentration des ingrédients. Il souhaitait que la transformation ne soit pas trop brutale : elle devait plus ou moins respecter la vitesse du cycle naturel. De fait, il faut exposer Eve plusieurs heures en pleine lumière avant que sa peau ne commence à se teinter. Après quelques jours de ce traitement, le bois est complètement brun, de cette couleur inimitable du hâle véritable qui va de pair avec de légères craquelures à la commissure des lèvres. Dès qu'on replonge Eve dans la pénombre, la peau redevient plus claire jusqu'à retrouver finalement sa couleur orangée, presque jaune. L'entreprise de cosmétiques qui possède Eve l'a exposée sur un piédestal dans le hall de son siège, face à d'immenses baies vitrées qui reçoivent toute la lumière du jour. Chaque été, le soleil brunit la peau d'Eve dont le visage lisse et plein décore les publicités des magazines.

Les traits du *Jeune Homme blême* sont tirés jusqu'à la limite. Sept nuits d'affilée, Kreuzer enduisit la peau de Manikin 36 — Ray — d'une potion pierreuse qui étouffait le bois jusqu'à lui faire rendre la moindre goutte d'eau qui se cachait en ses pores. Au matin, Kreuzer époussetait le gravier, emmenant avec lui l'humidité du mannequin. Une semaine de ce traitement donna à Ray l'air terreux et misérable de ceux que le sommeil a quittés ; ses joues se creusèrent, le sang abandonna ses lèvres, ses yeux grands ouverts devinrent aussi expressifs qu'une bûche.

Il est certains sujets que Kreuzer refusera toujours de traiter. On ne l'imagine pas donner un *Homme hilare* ou une *Vieille Femme en pleurs*. Non qu'il en soit incapable : la maîtrise qu'il affiche dans toutes ses réalisations suffit à prouver qu'il excellerait dans cette veine comme il excelle dans celle qu'il s'est choisie. Simplement, Kreuzer n'entend pas figer des actions, des mimiques ou des expressions. Il est à cent lieues de ces photographes qui se sont fait une spécialité de saisir le moment qui passe, de témoigner de la fugacité de l'instant. Kreuzer tente d'appréhender l'homme dans chacune de ses possibilités fondamentales. L'homme hilare ne l'est qu'un temps et la femme en pleurs bientôt se consolera. Mais l'homme flasque, lui, l'est pour toujours. Enfant déjà, ses parents pinçaient ses flancs replets : sa silhouette a eu beau s'amincir avec l'âge, elle conserve cette lourdeur qui n'a rien à voir avec le poids, cette grasseur qui lui colle aux os comme un destin. Kreuzer n'a pas cherché à représenter un homme flasque, il a voulu explorer une possibilité de l'homme, l'homme en tant qu'il peut être flasque. De même, la posture de l'*Homme recroquevillé* n'a rien de passager. Lucas n'est pas replié sur lui-même sous l'effet du froid ou de la peur, il est recroquevillé comme celui pour qui la vie entière n'est que froid et peur. Voilà pourquoi il importe tant de doter chaque mannequin d'un fond qu'il partage avec tous les autres mannequins : la base est commune, seuls diffèrent quelques traits, une corpulence ou le grain d'une peau.

C'est dans ce sens que Manikin 96 — Paul — détonne un peu avec la production de Kreuzer à ce jour. Deux bras qui se croisent sont un début d'engagement, ils préludent à une remarque narquoise, à un affront irréparable. On peut supposer de Paul qu'il s'apprête à provoquer un homme en duel alors que personne ne se hasarderait à émettre la moindre hypothèse sur Gilles, sur Lucas, sur Angela. Mais cette liberté même que s'autorise Kreuzer aujourd'hui est là pour nous rappeler à quel point les limites qu'il se donne depuis cinquante ans sont étroites.

9

Le nom de Kreuzer est célèbre dans le monde entier. On parle d'un mannequin de Kreuzer comme on parle d'un œuf de Fabergé ou d'un mobile de Calder. Blamstift qui fut le maître de Kreuzer quand celui-ci avait quinze ans jouit, lui aussi, d'une certaine estime. Il atteignit au faîte de sa gloire dans les années trente puis connut une disgrâce que n'atténua pas l'énigme de sa disparition. Il ne fut bien entendu jamais aussi renommé que Kreuzer mais le succès de son élève finit par le rejoindre et lui donna comme une seconde chance à l'heure où l'art de la miniature traversait une mauvaise passe.

On a dit et écrit n'importe quoi sur Blamstift, qu'il empailla des enfants et brûla sa femme, qu'il ne pouvait sculpter sans l'aide de drogues orientales dont son frère aurait fait le commerce. Surtout, on l'a dépeint sous les traits d'un illuminé qui cherchait, en réduisant sans cesse ses modèles, à en concentrer le principe jusqu'à la limite. Balivernes ! Tout comme mon maître, Blamstift se souciait peu de l'interprétation qu'on pouvait faire de ses œuvres. C'était quelqu'un de raisonnable, de mesuré, si raisonnable et mesuré en fait qu'on le qualifia souvent d'insignifiant. Mais prêter foi à de tels jugements reviendrait à ignorer l'acharnement avec lequel Blamstift s'adonna à son art. Cet acharnement était d'ailleurs décuplé par le sentiment d'urgence qui anima Blamstift dans les dernières années de sa vie. Car contrairement à Kreuzer, il ne vint à la miniature que tardivement. Menuisier de formation, propriétaire d'un atelier plutôt florissant, Blamstift se mit peu à peu à dédaigner l'ébénisterie traditionnelle. Il refusait le plus clair des commandes qui lui arrivaient encore, n'acceptant que celles qui, pour un travail modeste, offraient une rémunération appréciable. Suivant l'exemple de son frère Dietmar, établi à Mayence (et non à Berlin comme le prétendent ceux qui voudraient faire de lui un trafiquant de drogue), Blamstift se livrait à la confection de petites figurines en bois. Ces sculptures, réputées pour la délicatesse de leur facture, représentaient habituellement des héros de la mythologie ou de la culture populaire. J'ai eu l'occasion d'en admirer deux exemplaires à la pinacothèque de Munich où un Siegried et un Arlequin dansant, mesurant au plus quelques centimètres, témoignent de la subtilité de leur créateur.

En leur temps, les figurines de Blamstift ne rencontrèrent pas un très bon accueil. Leur apparence si menue déconcertait les amateurs d'art qui leur préféraient des œuvres plus directes, souvent plus grossières et depuis longtemps tombées dans l'oubli. Les frères Blamstift n'en étaient pas autrement émus. Ils ne doutèrent jamais que la postérité leur donnerait raison. Il fallait selon eux laisser le public s'habituer peu à peu à une forme d'art dont il n'était pas familier. Et d'ailleurs, le succès, quand il vint enfin, les laissa à peu près indifférents.

Mon maître gagna chez Blamstift un bagage technique étendu. Il développa notamment un sens du détail et de la minutie qui plus d'une fois m'étonnèrent. Il est probable que Blamstift l'associa étroitement à ses travaux mais cela n'est pas certain. Kreuzer aime à faire planer sur cette période un voile de mystère. Quand je l'interroge sur ses activités, il me fait des réponses évasives, trop floues pour que je puisse me représenter ce qu'elles furent vraiment. Il ne va pas plus loin mais je lis sur ses traits la peur d'en avoir déjà trop dit. Kreuzer parle souvent de son art comme d'un héritage spirituel, jamais véritablement acquis et dont l'usage peut à tout moment lui être retiré.

Le certificat que lui remit Blamstift lorsqu'il quitta l'atelier en émettant l'intention de s'exiler devait lui permettre de trouver à se placer n'importe où en Europe. Kreuzer avait passé quatre années pleines à Cologne. Avait-il le sentiment d'avoir reçu de Blamstift tout ce que celui-ci pouvait lui offrir ? Se sentait-il menacé ? Le contexte politique allemand de l'époque favorisait les départs. Chaque année, des dizaines de milliers de juifs quittaient leur pays pour s'installer aux États-Unis, en Grande-Bretagne ou en France. Mais, pour autant que je sache, mon maître a été élevé dans la religion catholique. Il n'est sûrement pas communiste et je doute qu'il l'ait jamais été.

Il ne s'était pas querellé avec ses parents. Il ne poursuivait pas l'amour.

Seuls Wilhelm Blamstift ou l'un de ses descendants pourraient nous renseigner. Mais, dans les mois qui suivirent l'embarquement de mon maître, on perdit la trace du menuisier de Cologne et de son frère. Leur atelier fut trouvé vide un matin. Le plancher était jonché de sciure, quelques miniatures en cours attendaient d'être terminées. La guerre qui survint peu après fut sans doute aussi fatale aux frères Blamstift qu'à leurs figurines. Et si deux d'entre elles sont encore entre nos mains aujourd'hui, on ne sait plus rien de leurs créateurs. Ni l'un ni l'autre n'eurent le temps de faire d'enfants. Ils emportèrent sans doute dans leurs tombes les circonstances de la séparation.

10

Treize heures. Kreuzer n'est toujours pas là. Nicholas est persuadé qu'il est inutile de l'attendre, qu'il ne viendra plus aujourd'hui. Il va à la fenêtre et plonge son regard dans la rue. Qu'a pu aller chercher Kreuzer dehors qu'il ne trouve plus ici ?

Nicholas prépare le déjeuner. Cuisiner ne lui a jamais pesé quand Kreuzer était à ses côtés. Maintenant, il regarde ses légumes réduire au fond d'une poêle. Dans quelques minutes, les poivrons, les oignons auront dégorgé toute leur eau, ils seront noirs, secs, recroquevillés comme Lucas. Les murs de la cuisine sont blancs, peints à la chaux. La vapeur qui s'élève des fourneaux semble glisser sur eux sans les toucher. Nicholas entend à peine le grésillement de la graisse ou le bruit de la spatule qui racle contre la fonte. Une immense impression de solitude l'envahit tout à coup.

11

Manikin 99 — Edith — est presque achevé. C'est une femme qui lève la tête comme si elle contemplait les étoiles. Les jambes, le buste sont raides. Le corps entier n'est occupé que du ciel, de quelque apparition cachée par les nuages. Kreuzer lui a consacré de longues semaines. Il est très fier du cou, dont la peau tendue à l'extrême laisse voir la carotide et confère au mannequin une poignante fragilité. Il a chargé Nicholas d'apporter les dernières finitions, de strier les lèvres d'Edith pour leur donner vie et profondeur car le sillon qui creuse la lèvre l'arrache à sa perfection, la renvoyant à sa fonction protectrice, expressive, amoureuse.

Nicholas choisit parmi les outils la plus fine des lames. Il se tient tout contre Edith, goûte cet inerte contact et mesure le travail de son maître. Les lèvres sont délicatement ourlées, minces aux commissures, bombées au milieu, formant en leur centre un passage à peine plus grand qu'une tête d'épingle par lequel s'échappe le souffle léger, diffus, du mannequin. Nicholas est subjugué par la précision du travail de Kreuzer, legs de son séjour chez Blamstift. Son maître possède ce sens du détail qui fait défaut à ses plagiaires et que Nicholas peine à acquérir, faute d'en comprendre toujours l'intérêt.

Kreuzer est persuadé que nous sommes tous capables d'invention et de créativité. Il a même développé là-dessus une sorte de théorie. Il y a, enfoui en chacun de nous, un certain gisement de créativité, La majorité des gens l'ignore et le laisse inexploité, tandis que toi, Nicholas, tu en as conscience et tu sais qu'il te faut l'utiliser de la meilleure façon possible. Mais comment saurai-je quelle est la meilleure façon ? Tu ne le sauras jamais, C'est ce qui donne du prix à ton travail, En revanche, ce qui est sûr, c'est que chacune de tes œuvres entamera tes ressources, si bien qu'un beau jour il ne te restera plus rien.

Je vois ce que veut dire Kreuzer. On a vu des romanciers donner un premier livre miraculeux avant de s'écrouler pendant que d'autres produisaient une œuvre moins brillante mais plus régulière qui fit parfois pour leur réputation plus qu'un coup de maître éclatant mais sans suite. Je comprends tout cela mais je reste sceptique. Vois-tu, tout dépend aussi de la richesse de ton gisement, Car il y a des gens plus doués que d'autres, ce serait sottise que de le nier, même s'il arrive à certains de se tromper sur leur valeur, Blamstift par exemple se trouvait plutôt moins bien doté qu'un autre, Lorsqu'il se lança dans la confection de ses miniatures, il estima qu'il avait exactement deux cents figurines devant lui. Pourquoi deux cents ? Et que devait-il arriver quand il atteindrait ce seuil ? Blamstift avait dit deux cents comme il aurait pu dire cinquante ou cinq cents, Mais du jour où il retint ce chiffre, il ne voulut jamais en démordre, il était intimement convaincu qu'après deux cents miniatures, il n'inventerait plus rien d'intéressant, Tu penses sans doute que Blamstift était un peu fou, C'est possible après tout et d'ailleurs, je l'ai cru moi-même à une certaine époque, Puis j'ai fini par comprendre que toute cette histoire n'avait aucune importance et que seule comptait la détermination qu'il en tirait.

Souvent Kreuzer me conseille de ne pas me presser. Ne gaspille pas tes forces aujourd'hui, Demain tu regretterais d'en avoir fait mauvais usage, Bien sûr tu es impatient, Il te tarde de donner ton chef-d'œuvre, Mais, je t'en prie, ne commence pas à brûler ton gisement si tu n'en as pas encore les moyens, Vois Blamstift, il a attendu d'avoir cinquante ans pour sculpter sa première miniature, Crois-tu que ces cinquante années furent perdues ? Non, bien au contraire, Blamstift était un sage, Pendant trente ans, il a travaillé sa technique et accumulé de l'expérience, Voilà pourquoi sa première œuvre était déjà si riche et si puissante.

Nicholas sent que son heure n'est pas encore venue. Il manque encore de sensations, de travail et d'observations. Pourtant, il devine en lui mille intuitions qui ne demandent qu'à s'exprimer. Il rêve de trouver une voie nouvelle, entre les miniatures de Blamstift et les mannequins de son maître, entre les sujets mythologiques de l'un et les êtres génériques de l'autre.

Par-dessus tout, il craint de plagier Kreuzer, de

marcher sur ses pas en lui restant inférieur. Nicholas n'a que mépris pour les plagiaires de son maître, qui sont à l'origine de toutes les déviations qu'a connues l'art du mannequin dans les dernières années. Kreuzer, par exemple, refusa toujours d'exécuter le moindre portrait. Dès le succès de Manikin 1, les propositions affluèrent par dizaines. De riches commerçants offrirent des sommes considérables pour un travail somme toute modeste. Devant le refus de Kreuzer, ils s'adressèrent à des artisans moins scrupuleux qui réalisèrent des œuvres médiocres, tout juste bonnes à orner un vestiaire ou décorer un salon. Kreuzer, pendant ce temps, continuait de privilégier les commandes qu'il recevait des plus grands musées du monde. Il fut également témoin d'autres barbaries, tout aussi condamnables. Certains se mirent en tête de peindre les mannequins. Le mannequin selon Kreuzer est nu et triste, alléguaient-ils, nous allons l'habiller. Sur le bois brun de leurs réalisations approximatives, ils peignirent des chemises rayées, des jupes fleuries, des écossais criards. Les femmes reçurent des lèvres de carmin, les hommes des poitrines velues, les adolescents des duvets insignifiants.

Cette nouvelle discipline en engendra à elle seule quantité d'autres. On dénombra bientôt des partisans du réalisme à tout prix, qui tenaient que les mensurations des modèles devaient être absolument respectées, que l'invention devait être contenue dans des limites raisonnables. Ceux-ci s'opposaient aux défenseurs de l'expressionnisme qui donnèrent des mannequins aux maquillages extravagants, aux silhouettes aberrantes. Les plus désœuvrés s'amusèrent à amputer les mannequins d'un bras, d'une jambe, pour juger de l'effet produit, en se demandant toujours s'ils ne venaient pas là de découvrir quelque grande vérité.

Toutes ces tentatives laissaient Kreuzer indifférent. Une fois seulement, je le vis réagir, quand il apprit par un de ses clients qu'il se faisait maintenant pour des raisons de commodité, des mannequins creux, plus faciles à entretenir et à transporter. Mon maître qui avait toléré toutes les dérives sans sourciller vit d'un très mauvais œil cette offense portée au bois même.

12

Paul, Edith, Samuel et Linda peuplent l'atelier. Depuis deux ans qu'ils se dressent face à Nicholas, celui-ci a fini par croire qu'ils constituaient son seul univers. Lorsqu'il se prend encore à les regarder, il se dit assez solennellement que ces quatre mannequins sont les derniers à précéder la grande œuvre de son maître. C'est sans doute pour cela que Kreuzer tarde tant à les achever, qu'il fait preuve sur chacun d'eux d'un perfectionnisme auquel Nicholas lui-même n'est pas habitué. Car il sait bien que le jour où leurs clients viendront les chercher, il devra faire couper un autre arbre et s'atteler à Manikin 100, à moins que la mort ne le trouve avant, comme elle trouva Blamstift alors qu'il s'apprêtait seulement à dégrossir son dernier bout de bois.

Il y a Paul, aux bras croisés, aux intentions mystérieuses. Edith guettant dans le ciel son salut ou sa destruction. Samuel, l'homme muet dont les lèvres resteront cousues quoi qu'il arrive. Linda au bas du visage encore lourd mais au regard transparent. Nicholas les aime tous autant, pour leur perfection d'abord mais aussi parce qu'il a contribué, modestement mais sûrement, à la composition de leurs personnages. De chacun, il peut dire sans risquer de se tromper qu'il marquera une date dans l'histoire du mannequin. Samuel sera *Homme muet*, et l'aboutissement de bien des tentatives de par le monde. À leur manière, Paul, Edith et Linda sont tout aussi importants. Cependant, Nicholas devine que Kreuzer n'est pas encore rendu au bout de son art.

Kreuzer lui-même en est conscient. Je ne sais pas encore ce que sera Manikin 100, dit-il parfois, s'il sera un vieil homme ou une fillette, si je le taillerai dans le noyer ou l'acajou, Mais je sais ce que j'aimerais qu'il soit : une œuvre qui, de chacun de ces mannequins, Samuel, Edith, Paul ou Linda, tire ce qu'il y a de meilleur, J'aimerais qu'il soit une synthèse de toutes mes œuvres précédentes, de tous les dessins que j'ai pu jeter dans mes cahiers, des miniatures de Blamstift aussi et de tous les plans qu'il eut jamais en tête, J'aimerais que Manikin 100 rende Manikin 101 inutile et décourage mes élèves les plus ambitieux, J'aimerais que Manikin 100 soit un tel achèvement que l'art du mannequin ne puisse plus être derrière qu'une longue décadence avant la mort, J'aimerais qu'en le regardant, tu puisses dire, toi, Nicholas, Mon maître a fait quatre-vingt-dix-neuf ébauches.

J'ignore combien de temps Kreuzer prendra pour mener à bien son projet. Peut-être un an, peut-être dix. Il lui faudra d'abord choisir l'arbre dans lequel il sculptera sa dernière composition ; le faire abattre, tailler, livrer dans l'atelier ; l'enduire d'une première lotion qui le gardera souple et tendre tout au long de son séjour. Mais avant tout cela, il faudra trouver un sujet, un nom, une posture et il se pourrait bien que cette recherche seule dure des années. Malgré toute l'estime que j'ai pour mon maître, j'ai du mal à croire qu'il puisse renouveler complètement son art du jour au lendemain. Ce n'est pas à près de soixante-dix ans que l'on découvre, sur une brusque illumination, le principe poursuivi une vie durant. Je suis convaincu que Manikin 100 constituera l'apogée technique de la carrière de Kreuzer mais j'avoue être effrayé parfois par les immenses espoirs que place mon maître dans sa dernière réalisation, comme s'il entendait soudainement franchir un palier, enjamber d'un bond cinquante années de travail. Kreuzer a toujours été intransigeant avec lui-même, je gage qu'il regardera Manikin 100 sans aucune indulgence, qu'il le détruira et se supprimera à son tour plutôt que de cohabiter avec le témoignage de son échec.

Puisse Kreuzer prendre son temps et méditer longuement chacun de ses coups de ciseau. Il m'a confié tantôt que le jour où il viendrait à bout de Manikin 100, il rangerait son atelier et remiserait ses outils, qu'il abandonnerait définitivement son art et redescendrait dans la rue. Ce jour-là, il m'écrira une lettre de recommandation, me laissera choisir quelques croquis parmi ses ébauches et fermera sa porte derrière moi. Je me retrouverai seul dans Londres, peut-être oserai-je m'établir à mon compte, peut-être n'en aurai-je pas le courage. Je rentrerai alors chez un des collègues de Kreuzer, dans l'attente patiente que sonne mon heure.

13

Nicholas pose son couteau. Il a fini de strier les lèvres d'Edith. Il a creusé plus d'une centaine de sillons, dont les plus larges n'ont pas un dixième de millimètre d'épaisseur, dont aucun ne ressemble à son voisin. Il pense avoir fait du bon travail. Pour s'en assurer, il va jusqu'à Samuel et compare ses lèvres à celles d'Edith. Il ne perçoit aucune différence mais sans doute Kreuzer en verrait-il une, infime, insignifiante. Pour le maître, il n'est pas une opération qui ne trahisse, même faiblement, l'habileté de son auteur.

Nicholas trempe le doigt dans un petit pot blanc, plein d'un vernis à l'étrange consistance, compact et léger à la fois. Il lisse délicatement les lèvres d'Edith en veillant à ce que le vernis ne se dépose pas dans les crevasses. Les lèvres brillantes semblent offertes au ciel, elles éclairent tout le visage. Le sourire d'Edith y gagne une certaine ferveur.

La nuit est tombée. Dans ce quartier de bureaux, les rues sont rapidement calmes, peu fréquentées par les promeneurs, délaissées par les employés qui prennent le bus ou le métro pour rentrer chez eux. Nicholas se penche à la fenêtre grande ouverte. Il ne reste que quelques lumières allumées dans les immeubles en face ; la chaussée est déserte ; au coin de la rue, un buraliste baisse le rideau de son magasin. Nicholas se retourne. Les contours d'Edith disparaissent peu à peu dans l'obscurité, ses membres s'effacent un à un dans la nuit, seules ses lèvres retiennent encore un peu de lumière.

14

Nicholas marche à pas lents. Il n'a pas vu passer la journée mais déjà la soirée lui semble interminable. Souvent il dîne en compagnie de Kreuzer. Les deux hommes ne se séparent que pour aller prendre un peu de repos, avant de se retrouver quelques heures plus tard. Ce soir, Nicholas est seul. Il s'apprête sans aucune joie à retrouver sa chambre froide et exiguë, ses livres et ses carnets. Aussi traîne-t-il le long des rues, et du pied il retourne la moindre feuille, comme s'il attendait qu'elle lui indique la façon d'occuper sa soirée. Il fait aussi un grand détour, quittant les ruelles trop sombres pour longer Hyde Park d'où lui parviennent des rumeurs qui lui tiennent un instant compagnie.

Enfin, il atteint sa rue, dans laquelle passent des couples qui s'en vont dîner. Il traverse pour gagner son immeuble. Par une chance extraordinaire, sa logeuse ne monte pas la garde. Comme tous les soirs, il doit pousser la porte de l'épaule tant elle est lourde. Il habite au troisième étage. Il gravit les marches deux à deux, mais avec une certaine lenteur, comme pour montrer que sa hâte n'est qu'illusion.

Il s'étonne de n'avoir à tourner qu'une fois sa clé dans la serrure pour actionner la clenche. Mais, en franchissant le pas de la porte, il comprend que tout est normal, que Kreuzer en entrant a simplement tiré la porte derrière lui.

Le maître est assis dans un grand fauteuil, présentant son profil à Nicholas, fixant au mur un point invisible entre deux fissures du plâtre. Il est habillé d'un pantalon de velours, d'une chemise blanche et d'un gilet noir. Ses deux avant-bras s'appuient sur les accoudoirs, les doigts repliés au bord du bois. Les jambes ne sont pas croisées, les pieds reposent bien à plat sur le sol. Une veilleuse éclaire modestement la pièce.

Nicholas respecte le silence de Kreuzer : il laisse toujours à son maître le soin de prononcer la première parole de la journée. Il se débarrasse de son manteau qu'il pose sur le lit puis tourne ses mains vers le radiateur. Il se trouve maintenant face à Kreuzer et soutient son regard noir, venu du fond d'orbites sans fin. Le maître dégage une impression d'immense sérénité qui occulte l'espace d'un instant la laideur de sa physionomie. Il regarde Nicholas mais ses pensées sont ailleurs, loin derrière l'épaule du jeune homme, au-delà des murs de la chambre et de cette rue misérable. Ses traits vieillis et creusés prennent enfin tout leur sens. Le nez mince et raide comme une falaise de pierre, les lèvres fines, presque inexistantes, la mâchoire osseuse sont comme des épures jetées à la diable sur le papier, installant en trois coups de crayon la caricature d'un personnage au bord de disparaître, l'artisan hideux, ravagé, conscient de sa fin prochaine et recueilli à son approche.

Nicholas fait deux pas en direction de Kreuzer puis s'arrête. Dans les traits du maître, il lui a semblé reconnaître le mutisme de Samuel, cette intensité douloureuse dans l'expression qui commande le respect. Mais les bras tendus vers l'avant évoquent Edith et sa tranquille assurance. Paul et sa pose narquoise. Linda et sa grâce surnaturelle. Nicholas saisit tout cela en quelques secondes et soudain l'emplit la crainte que ne meure son maître, qu'il ne soit mort déjà, enfoncé dans son fauteuil et regardant fixement un point qui n'existe pas.

Nicholas avance la main. Elle se referme sur du bois.

SOLTINO

Tu as fait du danger ton métier, il n'y a là rien de méprisable.

NIETZSCHE
Ainsi parlait Zarathoustra

J'ai sous les yeux une photo de Soltino. C'est un cliché qui a été pris par le photographe argentin Pablo Huidobro il y a tout juste onze ans. Il a paru dans une édition du *Soir* où il accompagnait un billet de Fauvet. Soltino, qui est pris de dos, semble surplomber New York, quelques centaines de mètres au-dessus des toits. Il est vêtu de blanc, écarte des bras immenses, comme les ailes d'un oiseau déployées. Et d'ailleurs, l'espace d'un instant, on se demande si le photographe ne l'a pas saisi en plein vol.

Ce cliché n'est pas le plus célèbre. On connaît mieux la photo de Walter Kosh sur laquelle il traverse les chutes du Niagara. C'est pourtant celui que je préfère. Huidobro avait placé son appareil au dernier étage de l'Empire State Building, pour éviter cette vue en plongée que l'on retrouve dans tous les mauvais films. Le plan est parfaitement horizontal, si bien que n'apparaissent sur le cliché que quelques antennes, deux ou trois héliports, et, beaucoup plus loin, la double aiguille du World Trade Center qui se découpe sur le soleil couchant. Le fil est rigoureusement invisible. À peine le devine-t-on sous les chaussons, cisaillant les semelles.

Si je préfère cette photo de Soltino à toutes les autres, c'est parce qu'il tourne le dos à l'objectif. Il n'est pas besoin de voir son visage pour deviner qu'il fixe un point imaginaire loin devant lui. Ses bras en croix, d'ordinaire synonymes de vulnérabilité, sont le signe d'une confiance inaltérable. Soltino ne doutait pas.

*

J'ai été intrigué par le coup de téléphone de Lamprière. J'ai cessé toutes mes activités depuis trois ans. Bien sûr, je vois encore pas mal de numéros. Il m'arrive de donner des conseils, parfois même d'écrire une lettre de recommandation. Mais je le fais pour mon plaisir. Je n'ai plus d'artiste sous contrat depuis que Monsieur Ko est mort.

J'ai été encore plus étonné quand il m'a appris qu'il voulait produire une émission sur Soltino, « une sorte de rétrospective, un peu romancée, mais fidèle dans l'ensemble ». Naïvement, j'ai demandé si c'était à l'occasion du dixième anniversaire de la traversée du Mont-Blanc. Cette fois, c'est Lamprière qui a paru surpris. « Ah, j'ignorais, a-t-il répondu. Non, l'émission dont je vous parle s'inscrirait dans un cycle de reportages sur les gloires du passé. » Certains mots sont durs à entendre. « Je ne savais pas que Soltino était mort », ai-je lancé, un peu vertement. Lamprière a dû sentir l'amertume de ma remarque. Il s'est lancé dans des circonlocutions pour expliquer que si Soltino n'était pas mort, l'essentiel de sa carrière était quand même derrière lui.

« Comme vous êtes la personne qui le connaît le mieux, j'ai pensé que vous pourriez l'appeler pour lui parler de notre (où était-il allé chercher ce "notre" ?) projet. Ce serait vraiment magnifique si nous pouvions l'avoir sur le plateau. Bien entendu, ajouta-t-il comme s'il devançait ma question, nous le dédommagerions de sa peine. J'ai déjà réfléchi un peu à la structure de l'émission. La plus grande partie sera constituée de films d'archives. Mais nous ferons aussi quelques retours sur le plateau pour vous interroger, ainsi que les personnes qui l'ont le mieux connu. » Je ne sais ce qui m'a poussé à intervenir : « Je pourrais peut-être proposer à Fauvet de participer à l'émission. Il avait suivi toute la première tournée en écrivant un billet chaque jour. Il pourrait lire les meilleurs d'entre eux pendant la projection des films. — Excellent ! s'est-il exclamé, je vois que vous avez compris l'esprit de l'émission. Vous ne connaîtriez pas par hasard un de ses amis d'enfance ? »

Au moment de nous séparer, Lamprière a eu l'air de se souvenir de quelque chose. « Ça ne vous ennuie pas de vous occuper de l'écriture de l'émission ? Vous ferez cela mieux que personne et je suis certain que Soltino appréciera. »

Voilà comment je me suis retrouvé face à une feuille blanche, puis devant cet appareil dont je vois tourner les minuscules bobines.

*

Le nom de Soltino est aujourd'hui oublié de tous. Pourtant, il n'y a pas si longtemps, il suffisait à remplir les plus grandes salles du monde. Ses prestations étaient si attendues que ses aficionados n'hésitaient pas à faire des milliers de kilomètres pour venir l'applaudir. Des audiences entières retenaient leur respiration pendant les trente secondes que durait son numéro. Pourtant, le plus souvent, quand je prononce ce nom, je ne réussis qu'à provoquer des haussements d'épaules ou des sourires apitoyés.

J'ai rencontré Soltino alors qu'il n'avait pas vingt ans. Je débutais dans le métier d'impresario. J'avais gravi tous les échelons du cirque. Je fus un lad consciencieux. Un jour, mon patron me donna ma chance, je devins écuyer. Mais je touchai du doigt mes limites ; j'avais beau être excellent cavalier, il me manquait cette assurance qui autorise les prouesses. Je remis pied à terre, devenant régisseur pour un temps. Je veillais au bon déroulement du programme, tendais ses échasses à l'acrobate et ses quilles au jongleur. C'est ainsi que je découvris tous les métiers du cirque sans jamais voir ce qui se passait sur la piste. Peu à peu, j'appris à deviner le verdict du public d'après la rumeur qui me parvenait. Avant tout le monde, je sus que Monsieur Pozzi, le clown, n'en avait plus pour longtemps. Ses plaisanteries faisaient encore rire les adultes mais, déjà, les enfants s'étaient détachés de lui. Je fus aussi le premier à prédire à Alice l'écuyère le destin exceptionnel qui allait être le sien. Quand elle paraissait, la salle faisait brusquement silence. Pendant six minutes, je n'entendais rien d'autre que l'attaque des sabots dans le sable, le souffle du cheval quand il secouait le mors. Puis tout à coup, c'était un tonnerre d'applaudissements pour saluer le bras tendu d'Alice et le dernier tour rapide, enlevé, de sa monture.

Un jour, mon patron s'avisa que mon jugement était plus sûr que le sien. Il me confia le soin de recruter de nouveaux artistes. On dit qu'un bon impresario passe la moitié de son temps à s'occuper de ses artistes et l'autre moitié à chercher ceux qui le feront vivre l'année suivante. Je commençai par abandonner la troupe pour partir à la recherche de nouveaux numéros. Je n'avais pas de plan bien arrêté. Je sillonnais le pays, demandant aux cafetiers s'ils n'avaient pas eu vent de quelque kermesse qui se déroulait dans le coin. On m'indiquait tout et n'importe quoi, d'insipides foires à bière, des grandes roues, parfois une fête foraine.

C'était un dimanche, je revois les villageois empruntés dans leurs costumes, les femmes portant la coiffe traditionnelle et surtout des gamins qui couraient dans les allées et tentaient de se faufiler dans les stands. Les attractions n'étaient pas nombreuses, une quinzaine tout au plus, mais de qualité pour la plupart. J'attendis un bon quart d'heure pour pénétrer dans l'antre du géant. Contrairement à ce qu'on pourrait croire, le géant est une espèce commune. Chaque cirque, chaque foire a le sien. Ensuite tout est affaire de centimètres. Il y a un monde entre un gaillard de 2,20 m et un de 2,10 m. D'ailleurs, en dessous de 2,20 m, il ne faut pas espérer vivre de sa taille, sinon en cueillant des pommes dans un verger. Mais attention, quand je parle d'un géant de 2,20 m, je précise : en taille réelle. Les tailles affichées, elles, s'échelonnent entre 2,50 m et 3 m. Quand une rivalité s'engage entre deux cirques, on peut même atteindre les 3,50 m. Curieusement, on n'a jamais vu un géant à côté d'une toise.

Ce géant-là était plutôt minable. Ni maigre (ce qui allonge le bonhomme et effraie les enfants), ni costaud, il était désespérément quelconque. Il souriait niaisement, comme si sa taille le dispensait de toute autre chose. Bien qu'annoncé à 2,60 m, il mesurait à peine 2,10 m.

La femme à barbe avait une autre allure. Là en revanche, il n'y avait pas tromperie sur la marchandise. La demoiselle avait un joli collier qui lui reliait les oreilles et une moustache brune qui frisait. Si j'avais cherché une femme à barbe, je l'aurais embauchée tout de suite. Mais je n'ai jamais été très friand des curiosités physiques, surtout quand elles sont disgracieuses. Je préfère plaindre les malheureux qui en sont affligés et les laisser à mes concurrents. À chacun son fonds de commerce.

Je me souviens aussi du jongleur, proprement excellent. Son numéro incluait de grandes difficultés et il s'en sortait à merveille, faisant passer les quilles sous sa cuisse, dans son dos, sur sa nuque penchée. Mais la profession de jongleur est encombrée. Pour réussir dans cette voie, il vaut mieux cultiver une compétence annexe, par exemple avaleur de sabres ou cracheur de feu.

Le magicien était stupéfiant. Il n'en était encore qu'à ses premières apparitions mais il devait accéder rapidement à la notoriété, se présentant — dès le départ, du reste — comme le *célèbre* docteur Adé, de Cologne. À son répertoire, il n'avait qu'un numéro, dont je me souviens encore et qui fit sa gloire. Il se tenait debout face au public, une balle de caoutchouc rouge à la main. Il désignait un membre de l'assistance et lui demandait de rattraper la balle qu'il allait lui envoyer. Dans un geste court et précis, il lançait la balle vers ce partenaire de circonstance, qui s'en saisissait, ouvrait la main et présentait aux yeux de tous une balle de caoutchouc... bleue. Les sceptiques s'en donnaient à cœur joie. Selon eux, le magicien cachait une balle bleue dans sa manche, qu'il substituait à la rouge au moment du lancer. Le docteur Adé était bien évidemment au courant de ces rumeurs. Toute son ingéniosité consistait à alimenter le doute, avant de rebondir d'éclatante façon. Il reproduisait son numéro à la demande, conscient que tous les regards étaient tournés vers ses poignets, sa manche. Mais soudain, il se plaignit de la chaleur et tranquillement, comme s'il faisait la chose la plus naturelle du monde, il quitta sa veste. Puis, il reprit sa position, désigna un garçonnet et lui adressa une balle rouge qui se révéla à l'arrivée être une balle bleue.

Le docteur Adé n'a jamais révélé son truc. Il ne contredit ni ne confirma aucune des hypothèses qui circulèrent à son sujet. Les gens n'arrivaient pas à savoir à quel moment la substitution (certains s'obstinaient à envisager une transformation) s'opérait. Était-ce au départ du lancer, par une manipulation extrêmement adroite ? La balle rouge était-elle remplacée dans l'air par une balle bleue jetée par un comparse ? Le partenaire soi-disant de fortune était-il de mèche ? Même à moi qui fus son impresario pendant cinq ans, il ne voulut jamais dévoiler son procédé. Ce fameux dimanche où je devais rencontrer Soltino, j'allai le trouver pour lui proposer un engagement. Je ne lui demandai pas s'il avait d'autres numéros, celui de la balle rouge-bleue suffirait à assurer son triomphe. Malheureusement, Adé était encore sous contrat avec quelqu'un d'autre. Ce n'est que quelques mois plus tard qu'il put me confier la gestion de ses intérêts. Depuis, le fameux numéro a fait le tour du monde.

En sortant du stand du magicien, je fus la proie d'une étrange impression. Les allées s'étaient dépeuplées ; les clameurs s'étaient tues ; au loin, quelques personnes se pressaient vers un enclos bondé. Je leur emboîtai le pas, marchant au milieu des stands déserts qu'avaient abandonnés pour un moment leurs propriétaires. En pénétrant dans l'enclos, je fus guidé par une ouvreuse qui m'indiqua une place au bout d'un gradin déjà bien rempli. Le public était parqué dans deux grandes tribunes qui se faisaient face. Au centre, se trouvaient les deux poteaux distants d'une vingtaine de mètres, et, entre eux, le filin, transparent, presque invisible dans la lumière faiblissante de cette fin d'après-midi.

Il se passa plusieurs minutes avant que je ne remarque le funambule. Il était adossé contre un des poteaux, face à la tribune dans laquelle j'avais pris place, parfaitement immobile. Enfin il se redressa. Il arrivait encore des gens dans l'enclos mais il n'y prêtait pas attention. Il saisit une corde lisse qui pendait le long du poteau et se hissa jusqu'à la plate-forme située quatre mètres plus haut, à la seule force de ses bras, les jambes en équerre. Les muscles saillaient sous son maillot blanc. De là où j'étais, j'apercevais même les veines de l'avant-bras qui couraient le long des muscles, nettes, précises.

Arrivé sur la plate-forme, il se reposa quelques secondes. Il n'avait toujours pas jeté un seul regard au public. Soudain, sans annonce ni roulement de tambour, il posa le pied droit sur le fil. Il portait des ballerines blanches. Je vis le filin s'imprimer dans le chausson, sous le poids du funambule parfaitement vertical. Cette vision ne dura pas. Soltino avança le pied gauche, puis de nouveau le droit. Il ne jouait pas la partition de l'acrobate qui s'équilibre avec son balancier et menace de défaillir pour susciter la rumeur. Son numéro était exempt d'artifices. Il marchait simplement d'un poteau à l'autre, d'un pas aussi sûr que peut l'être celui d'un promeneur. Il lui fallut moins de quinze secondes pour parcourir les vingt mètres qui séparaient les deux plates-formes. Moi qui avais déjà vu à l'œuvre des dizaines de funambules, qui m'étais même essayé un temps à l'équilibrisme, je savais ce que cette performance, si claire, si lisse, avait d'unique. Je compris que ma carrière d'imprésario était en train de se nouer.

Soltino ne passa pas plus de temps sur la plate-forme d'arrivée qu'il n'en avait passé sur celle de départ. Une deuxième corde l'attendait. Il se laissa glisser le long du poteau, les jambes toujours en équerre, et lorsqu'il toucha le sol, je me fis la réflexion qu'il y avait l'air plus emprunté que sur son fil.

*

J'ai essayé tantôt de m'asseoir devant une feuille blanche, espérant que les souvenirs me dicteraient mon récit, calmement et sans équivoque. Au lieu de cela, le passé s'est signalé par bribes, par accès, par bouffées (Soltino qui était si doué pour les trajectoires rectilignes saurait mieux que moi raconter son parcours. Il en connaît les points de départ et d'arrivée, il lui suffirait pour relier les deux de tirer un long trait par-delà les années). Je préfère procéder autrement. Chaque fois qu'une anecdote, qu'un geste, qu'une conversation me reviendra, je mettrai cet appareil en marche et je parlerai. Peut-être la pureté du projet de Soltino donnera-t-elle un sens à l'apparente incohérence de ma mémoire.

*

Quand le public se fut dispersé, j'allai trouver le funambule et je me présentai. Je lui dis que j'étais à la recherche de nouvelles attractions et je le complimentai pour son numéro. Mes paroles eurent l'air de lui faire plaisir, puis il se rembrunit.

— J'ai été irréprochable de bout en bout, me confia-t-il, et pourtant, j'ai eu l'impression que le public était déçu.

Je me souviens avoir compris ce qu'il ressentait. Si j'abandonnais mon regard de professionnel, j'étais moi-même resté un peu sur ma faim. Tout s'était déroulé trop vite, trop bien. Quand il prononça le mot « irréprochable », j'aperçus la faille et je m'y engouffrai.

— C'est vrai, dis-je, le public a été déçu. Mais il faut le comprendre. Ne vous êtes-vous jamais demandé pourquoi il venait voir un funambule ?

Ma question parut le surprendre. Il hésita une seconde. Je crois qu'aucune question ne le déstabilisa jamais plus que celle-ci, pourtant évidente, fondamentale.

— Pour le voir marcher au-dessus de leurs têtes d'un point à un autre, je suppose.

— Vous avez raison mais il y a autre chose. Il vient voir un homme qui leur ressemble se débattre avec les lois de l'équilibre. Pourquoi n'utilisez-vous pas de balancier comme les autres funambules ?

— Parce que je n'en ai pas besoin. S'il le faut, je m'équilibre avec les bras.

— Et pourquoi aller si vite ? Votre numéro n'a pas duré vingt secondes. Est-ce plus facile pour vous ainsi ?

— Non, répondit-il après avoir un peu réfléchi. Ce n'est ni moins ni plus facile. Mais si je peux marcher sur un fil comme je marcherais sur terre, pourquoi devrais-je simuler le contraire ?

— Il ne s'agit pas de simuler. Mais vous donnez une impression de trop grande facilité. Le public a du mal à s'identifier à vous. Regardez les autres funambules, ils vont lentement, pas à pas. À tout moment, ils sont au bord de la chute et ne se rétablissent qu'avec leur balancier.

— Est-ce ma faute s'ils connaissent mal leur métier ? demanda Soltino.

Il ne voyait toujours pas où je voulais en venir et je sentais monter son indignation. Comment ? Un impresario de seconde zone était en train de lui reprocher sa perfection ?

— Vous ne pouvez pas dire qu'ils connaissent mal leur métier. Ils font de leur mieux, même s'ils ne sont pas tous aussi doués que vous. Ce que j'essaie de vous dire, c'est que dans ce métier, il faut montrer au public la difficulté du numéro qu'on lui présente. Or vous faites tout le contraire. En vous voyant, si sûr, si parfait, les gens se disent que marcher sur un fil est la chose la plus aisée du monde.

— Mais pour moi, ça l'est.

À son ton déjà moins catégorique, je compris que j'étais en train de le convaincre. Il se défendait encore mais mes arguments portaient.

— Pour vous, oui, mais pas pour le public. Or, c'est lui qui vient vous voir et qui fera ou non votre succès. Il faut lui donner ce qu'il attend, quitte à contraindre un peu votre nature.

— Cela signifie-t-il que je dois tituber et feindre de tomber au milieu de la traversée ?

— Il ne s'agit pas d'être aussi grossier. Mais, tenez, pourquoi ne pas regarder le public ? Entre autres raisons, le funambule fascine parce qu'il n'a pas le vertige. Vous pourriez baisser les yeux de temps à autre au lieu d'avoir le regard fixé sur l'horizon.

— Je crois que je comprends, murmura-t-il.

En disant cela, il était sincère mais il se trompait. Jamais il ne réussit à se faire à l'idée qu'il devait paraître faillible pour attirer la sympathie du public. Entamer une collaboration sur un tel malentendu est certainement ce qui peut arriver de pire à un impresario. Mais j'étais jeune alors, et je débutais dans ce métier. Je racontai à Soltino que j'avais en portefeuille plusieurs artistes très importants mais que j'étais prêt à me charger de ses intérêts. Il accepta immédiatement, encore un peu abasourdi par la froideur du public et par les arguments que je lui avais assenés. Le soir même, je quittai le cirque.

*

Il n'existe pas trente-six façons de lancer un artiste. Il faut le placer au centre d'un scénario qui joue sur les ressorts les plus classiques. Dans tous les cas, un numéro seul, si exigeant soit-il, ne suffit jamais à susciter l'engouement. Il faut lui ajouter une trame, des personnages, l'écrire, le mettre en scène. Pour lancer Soltino, je choisis le scénario le plus éculé du monde du spectacle : le record. Mon idée était très simple. Nous tendrions son fil chaque fois un peu plus haut que la fois précédente. Chaque prestation serait l'occasion d'un nouveau record, nourrissant à ce titre conversations, articles, reportages. Les spectateurs auraient l'impression d'avoir été témoins de quelque chose d'unique. Je craignis d'abord qu'ils ne désertent à l'idée que le record serait probablement battu le lendemain ou la semaine suivante. Il n'en fut rien. Les gens se sentaient étroitement associés au projet. Ils avaient le sentiment grisant de participer à une escalade sans fin.

Quand je soumis mon idée à Soltino, il fit une seule remarque, énigmatique : « Que je tombe de trois mètres ou de dix, je serai mort. J'ai connu quelqu'un qui s'entraînait avec un fil tendu à un mètre. Un jour, il tomba sur la tête et périt sur le coup. »

*

Lorsque je repense aux premiers mois de notre association, j'ai le souvenir d'une période matériellement difficile, mais que nous traversâmes dans une sorte d'euphorie surnaturelle. Soltino ne fut pas long à s'apercevoir que je lui avais menti. Très vite, il apprit que je n'avais aucun artiste sous contrat. Il ne m'en tint pas rigueur. Le soir où il amena le sujet dans la discussion, il se contenta de me reprocher mon manque de franchise. Pourquoi lui avais-je caché la vérité ? Avais-je donc si peu confiance en moi pour recourir à des procédés aussi grossiers ?

En ces temps de griserie et de sacrifices, les problèmes se réglaient tout seuls. Plus tard, il en alla différemment. Les difficultés ne s'aplanissaient plus d'elles-mêmes, surgissant au contraire où on les attendait le moins.

À cette époque et par certains côtés, Soltino était très facile à manier. Il ne demandait pas à intervenir dans le programme de ses engagements. Je savais pourtant que certaines salles lui convenaient mieux que d'autres. Mais, à partir du moment où j'avais arrêté les conditions du contrat, il considérait la chose comme acquise et ne tentait jamais de revenir dessus. De même, il se montrait plus qu'accommodant sur le confort de nos déplacements. Dans un premier temps, les cachets que je parvenais à obtenir couvraient à peine les billets de train, les repas et l'hébergement (le plus souvent dans des hôtels de passe qui n'arrivaient pas à remplir). Même quand le succès arriva et quand l'argent commença à couler dans notre association, il se soucia peu du standing des endroits que nous fréquentions. Du peu qu'il voulut bien me raconter, je sais qu'il eut une enfance pauvre, presque misérable.

Enfin et surtout, sa maniabilité pouvait se lire dans son rapport à l'argent. Mon précédent patron ne cessait de me répéter à quel point il était difficile de s'entendre avec un artiste sur la répartition de ses cachets. Je n'ai jamais connu ce genre de problèmes avec Soltino. Je proposais et il acceptait. Pendant longtemps, je pris 30 % de ses revenus. Puis, quand j'estimai que le succès était enfin assis, je ramenai cette part à 15 %. Il n'avait pas fait de commentaires sur le montant de mes honoraires, il n'en fit pas davantage quand je les réduisis de moitié.

*

Ce que je craignais est arrivé. Depuis deux jours, je tente de joindre Soltino. J'avais entendu dire qu'il avait déménagé pour s'installer dans un appartement plus petit, près de la tour Eiffel qui fut le théâtre d'un de ses exploits les plus célèbres. Cela rejoint ce que je disais hier, Soltino se moque du confort. Il prend un studio quand il aurait les moyens d'habiter un duplex. Car, contrairement à ce que sous-entendait Lamprière, Soltino a de quoi vivre confortablement jusqu'à sa mort.

J'ai voulu appeler les gens qui pourraient me donner sa nouvelle adresse, avant de me souvenir qu'il n'avait pas d'amis. J'ai voulu joindre ses parents, avant de réaliser que je ne savais rien de sa famille. En quinze ans, Soltino m'a parlé une fois d'une sœur cadette, qui a épousé un Belge ou un Allemand, je ne sais plus, et dont j'ai oublié le nom.

Peut-on imaginer plus grande ironie ? Il m'a fallu appeler l'agence de détectives Mirandol pour engager un enquêteur. On m'a envoyé un petit homme, portant lunettes et moustache, répondant au nom d'Adet. J'ai vu dans cette homonymie comme un signe que Soltino n'était pas loin, qu'il me suffisait de décrocher mon téléphone pour entendre sa voix monotone, familière. J'ai remis à M. Adet une copie du dossier que je garde sur tous les artistes qui me confièrent un jour la gestion de leurs intérêts. Il a surtout regardé les photos, notamment celle de Kosh dont il a vanté la qualité. « Je vous transmettrai régulièrement un rapport », a-t-il dit avant de me quitter. « Envoyez votre facture à la télévision, ai-je répondu, à l'attention de M. Lamprière. » Je crois qu'il a opiné mais je n'en suis pas sûr, la porte de l'ascenseur s'est refermée à cet instant précis.

*

En six semaines qu'il passa avec nous, Fauvet écrivit toutes sortes de billets. Les uns relataient simplement l'exploit de la veille. Ils étaient truffés d'informations sur le nombre de spectateurs, la hauteur du fil ou la durée de la traversée. D'autres articles prenaient plus de recul par rapport à l'événement. Ils tentaient de rendre compte de l'atmosphère qui régnait au sein de la caravane. Certains analysaient tel trait du caractère de Soltino : sa rigueur, son idéalisme, sa naïveté. Quelques-uns, enfin, étaient de véritables morceaux de littérature, en ce sens que Fauvet y reconstruisait entièrement l'épisode dont il avait été témoin. Il se laissait aller à de grandes tirades, métaphores parfois grandiloquentes, rapprochements subtils, qui éclairaient souvent davantage la réalité que des comptes rendus exhaustifs.

Il y eut bien sûr l'inévitable référence au funambule de Nietzsche. Fauvet compara également Soltino à un oiseau et, de façon plus surprenante, le dépeignit un jour comme « l'ennemi de la danse ». J'ai recherché en vain dans mes papiers une copie de ce dernier article. Je demanderai à Lamprière de le retrouver car je crois que sa lecture expliquerait bien des choses sur le style de Soltino.

Ce funambule, écrivait en substance Fauvet, est au sol l'être le moins gracieux que vous puissiez imaginer. Il est distrait, maladroit. Sa démarche, grotesque, évoque l'albatros. Surtout, le moindre de ses mouvements est empreint de lourdeur, sans qu'il s'en soucie et si tant est qu'il s'en aperçoive. Si le danseur est celui qui fait de chaque pas, de chaque geste une œuvre d'art, alors Soltino est l'antidanseur. Il est sur la terre comme un poisson échoué sur le sable.

Sur son fil, il est un être différent, continuait Fauvet. Ne croyez pas qu'il cherche à nous éblouir par quelque figure spectaculaire. Il a depuis longtemps banni de son art tout ce qui pouvait ressembler à une enjolivure. Lorsqu'il est en l'air, il n'a plus qu'un but : traverser la fosse à la manière du promeneur. Faire une pause de quelques secondes, se servir de son corps comme d'un balancier sont pour lui autant de défaites. A-t-on déjà vu un flâneur étendre les bras pour s'équilibrer ? Il ne s'estime satisfait que lorsqu'il parcourt son fil d'un pas régulier, bien rythmé et sans heurts.

Le danseur distille dans les gestes les plus quotidiens un peu de la grâce qu'il irradie sur scène. Soltino, lui, réalise sur son fil ce dont il est incapable au sol.

*

Quelle idée a eue Lamprière de me confier l'écriture de son émission... Quand je l'ai appelé ce matin pour lui dire mes difficultés à traiter le sujet, il a voulu balayer mes réticences. « Vous en savez plus que quiconque sur le personnage. Sortez l'inédit des cartons où il sommeille, racontez des anecdotes... Les gens adorent les anecdotes. »

Mais comment expliquer à Lamprière que pour relater la carrière de Soltino, l'idéal serait de ne pas l'avoir connu ? Que valent des anecdotes sur un homme dont la vie entière se ramène à ses exploits de funambule ? Je n'ai jamais pénétré son intimité, mais les quelques souvenirs de Soltino qui encombrent ma mémoire sont comme des fourmis au bout de mes doigts. Ils paralysent ma main et alourdissent mon trait, ils m'empêchent de tracer la grande ligne droite qu'il avait en tête. Je serais sûrement plus près de la vérité en alignant des chiffres et des dates, sans autre commentaire.

Mais il me semble que j'ai oublié de mentionner que ce cher Lamprière portait, lors de notre rencontre, un nœud papillon violet et des lunettes à la monture orange. Il est certains signes auxquels on devrait se fier presque aveuglément.

*

J'ai retrouvé hier soir le programme de notre première tournée. Il avait été établi pour six semaines. Tel jour, nous tendrions le fil à dix mètres. Le lendemain, nous le tendrions à douze, le surlendemain à quinze, etc. Je n'avais pas vraiment d'idées sur les méthodes de promotion à utiliser. Je ne connaissais que le cirque et ses haut-parleurs montés sur le toit de voitures que l'on lançait dans la ville. Cette technique était clairement inadaptée au cas présent. Il fallait communiquer directement au niveau national et intéresser le pays tout entier à notre entreprise.

J'eus la chance de rencontrer Fauvet, qui donnait alors un papier par jour au *Soir*. Nous sympathisâmes et je l'invitai à dîner. Il se plaignit d'avoir du mal à trouver ses sujets. Il cherchait un thème qui pourrait l'occuper tout l'été sans lui demander trop d'efforts. J'embrayai immédiatement sur ce discours cynique en lui faisant une offre. Pourquoi ne suivrait-il pas notre caravane pendant quelques semaines ? Tous ses frais lui seraient payés et il n'aurait qu'à écrire un article tous les matins pour relater l'exploit de la veille. Bien sûr, il fallait que *Le Soir* donne son accord.

En disant cela, j'observai Fauvet à la dérobée, craignant qu'il n'interprète mal ma proposition et ne quitte la table, scandalisé. Il se contenta de noter qu'un pareil feuilleton constituerait une belle tentative littéraire. Puis il commanda une bouteille de champagne et porta le premier d'une longue série de toasts à la réussite de notre entente.

Les autres journalistes ne furent pas longs à suivre. L'audience que recueillirent les billets de Fauvet fut telle qu'ils se précipitèrent tous pour ramasser les miettes du gâteau. Par respect pour Fauvet et pour l'inciter à se surpasser, je n'accordai à aucun autre journaliste le « privilège » que je lui avais attribué. Grâce à cela, nos passages furent toujours annoncés dans les meilleures conditions, avec un retentissement qui augmenta à mesure que le record reculait.

*

Si Soltino était accommodant sur bien des points, il pouvait à l'occasion se montrer intraitable. J'eus beau lui expliquer que son image d'infaillibilité le coupait du public, il refusa d'adopter le balancier, de feindre la chute ou de laisser planer le moindre doute sur la réussite du numéro. Il ne voulut pas davantage réduire sa vitesse. Ses traversées étaient au contraire de plus en plus rapides ; sur la fin de sa carrière, il volait presque sur le fil.

Il me fit une seule véritable concession au cours des six années que dura notre ascension. Il accepta de regarder le public avant de commencer son numéro. Alors qu'il se tenait debout sur la plate-forme, prêt à s'élancer, il balayait l'audience d'un regard parfaitement vide. Je lui avais expliqué que ce geste devait être l'occasion de nouer un premier lien affectif avec les spectateurs. Mais son regard était purement mécanique ; il partait des premiers rangs pour remonter jusqu'au fond de la salle, affichant une telle indifférence pour le public qu'il manquait complètement son objectif. C'était de toute évidence une figure imposée, un égard factice qui ne trompait personne.

Il apparut pourtant que l'indifférence du funambule tourna à son avantage. Le regard inexpressif de Soltino, son dédain pour les applaudissements et les marques traditionnelles d'enthousiasme firent beaucoup pour son image. Il devint le Buster Keaton du filin. Une fois de plus, il avait été plus habile que moi.

Je souhaitais également qu'il apprenne à monter à bicyclette, à danser, à jongler sur son fil. Tous les grands équilibristes ayant connu cette évolution naturelle de leur répertoire, il me semblait intelligent de l'anticiper ou, au moins, de s'y préparer. J'étais partisan de monter des numéros inédits, qui auraient fait la part belle à sa créativité et à sa personnalité. Quand je lui parlai du projet en ces termes, il me répondit qu'il n'était pas dans son intention d'être créatif ou personnel. Sa compétence, s'il devait en avoir une, tenait à la pureté de son projet. « Après tout, me dit-il, il n'y a rien de plus beau qu'un homme qui enjambe le vide. Tout le reste n'est qu'artifice et risquerait de me détourner de mon art. »

Son vocabulaire hésitait perpétuellement entre la sobriété et l'emphase.

*

Que recherchait-il ? Les journalistes n'ont pas manqué de le lui demander, quoique le plus souvent après une foule de questions sur sa vie privée, le lieu de ses vacances ou ses sympathies politiques. Il répondait généralement d'une phrase : « Je voudrais savoir ce qu'il y a au bout. » Je me rappelle m'être étonné que les journalistes se contentent d'une phrase si peu explicite. J'ai compris depuis qu'elle constituait une accroche idéale pour leurs articles et pouvait, à ce titre, se dispenser de faire sens.

Ce n'est pas Soltino qui a eu l'idée de tendre son fil chaque soir un peu plus haut que la veille. Mais dès que je la lui ai eu soufflée, il se l'est appropriée et s'est peu à peu convaincu qu'elle inscrivait son destin. Dès lors, il ne pensa plus qu'au jour où il ne pourrait plus se surpasser. Il n'était guère intéressé par les étapes intermédiaires : pourquoi perdre du temps à parader sous des chapiteaux quand il pouvait d'emblée tendre son fil au-dessus des montagnes ? En tant qu'impresario, j'avais évidemment mon idée sur la question ; j'eus la chance que Soltino comprenne de lui-même le profit qu'il pouvait tirer de ces sorties. Chaque traversée le rendait plus fort, plus maître de sa technique et de ses émotions, un peu plus prêt à affronter le grand vide. Tout le monde s'en rendait compte, lui le premier. Il ne douta jamais de sa réussite. Cette assurance agaçait une partie de l'opinion et séduisait le reste.

Où tout cela devait-il le mener ? Je n'en sais rien. Avec le recul, une chose m'étonne. Soltino ne me parla jamais de la dernière traversée. Cependant, elle existait, au moins virtuellement. Or, ni lui ni moi ne cherchions à prévoir où et quand elle aurait lieu. Cette dernière traversée était présente derrière toutes nos pensées et pourtant, nous feignions de croire que nous pourrions toujours élever le fil, que les arbres pouvaient monter jusqu'au ciel. Cette hypocrisie que j'ai partagée, entretenue, a sans doute causé beaucoup de tort à Soltino.

C'est une pensée avec laquelle je joue souvent et qui me donne le vertige. Peut-être aurions-nous dû dès le début définir les règles du jeu, arrêter le point de départ et surtout, le point d'arrivée. Je n'aurais pas apaisé la fièvre de Soltino mais je lui aurais donné du grain à moudre. Tout le mal est venu de ce qu'à la fin, son esprit n'avait plus rien à moudre.

*

Il désapprouva l'article où Fauvet le comparait au funambule de Zarathoustra. Selon lui, il ne courait aucun risque sur son fil. Ou du moins, il n'en courait pas plus que du temps où il évoluait dans les foires. Je n'avais pas oublié sa remarque : qu'il tombe de dix mètres ou de cinq cents, les conséquences seraient les mêmes. Et Soltino, qui est très rationnel, continua d'aborder chacun de ses exploits comme il appréhendait tantôt ses sorties dans les kermesses. Comme tous les acrobates que j'ai rencontrés, il pensait que la part du risque pouvait être réduite quasiment à néant, par le travail et la préparation. Le reliquat ressortissait au destin individuel; vouloir le cerner était une gageure.

*

Fauvet écrivit ce billet quinze jours après le début de notre tournée.

Les sorties du funambule Soltino obéissent à un rituel immuable. Les réunions ont lieu en plein air, sous des chapiteaux ou sur des champs de course. Sur le billet, le spectacle est annoncé pour 20 heures mais Soltino n'apparaît jamais avant 21 heures. Pendant une heure, se succèdent une douzaine d'apprentis funambules qui tentent d'apprivoiser les lois de l'équilibre. Ces jeunes garçons — dont certains sont tout de même plus âgés que leur modèle — ont droit à un balancier, sorte de perche immense conçue pour atténuer les effets de leurs écarts. Mais surtout, ils évoluent au-dessus d'un filet qui les met à l'abri de toute mauvaise surprise. Sage précaution. La moitié des jeunes funambules viennent s'y écraser dans les dix premières secondes de leur traversée.

Vers 21 heures, le public s'échauffe. Il a compris que l'équilibrisme était un art difficile, il veut maintenant en découvrir le virtuose. Des slogans fusent, des clameurs s'organisent; on appelle Soltino, on invoque le record. Les gens tapent du pied contre les gradins ou applaudissent, selon qu'on se trouve dans les faubourgs ou dans les beaux quartiers. Hier encore, ils allaient au théâtre ou au restaurant; aujourd'hui, ils viennent voir un saltimbanque arpenter la corde. Cette discipline, qu'ils ignoraient pour certains, méprisaient pour la plupart, leur semble maintenant d'une extraordinaire richesse. Ils échangent des commentaires, des anecdotes lues dans les gazettes : Soltino aurait fait ses armes sur une corde à linge ; il dormirait sur son fil ; son impresario serait un ancien champion, peut-être même son père.

Il paraît sous les roulements de tambour. Il est vêtu du costume le plus simple : pantalon blanc serré, maillot blanc, pieds nus dans des chaussons blancs. À cet instant, le spectateur comprend que tout ce qu'il va voir obéit à un plan minutieusement établi, qui ne laisse aucune part au hasard. Le speaker annonce que Soltino va s'attaquer à son propre record. « Messieurs les juges, demande-t-il, voulez-vous vérifier la hauteur du fil ? » Deux officiels de la Fédération internationale des Sports acrobatiques, habillés d'un pantalon vert et d'une veste violette, tirent le fil à plomb qui pend de la plate-forme et lisent la mesure à la base du pylône. Hier soir, ils ont annoncé une hauteur de 28 mètres. Il y a deux semaines, le fil était tendu 10 mètres au-dessus du sol. Ce n'était pas encore un record mais c'était la première marche d'un escalier dont personne n'aperçoit la fin.

Le speaker prononce cette phrase rituelle : « Mesdames et Messieurs, Soltino va parcourir devant vous une distance de vingt-cinq mètres. Son fil est tendu 28 mètres au-dessus du sol. Je vous demande le plus grand silence. » Durant cet intermède, Soltino est resté debout près de la corde qui court le long du pylône. Il la prend dans ses mains et se hisse lentement jusqu'à la plate-forme. Il s'élève à la seule force de ses bras, la tête droite, les jambes en équerre. Il explique que cet exercice préalable lui chauffe les muscles. Il aime sentir ses bras, en apprécier le poids avant de s'en servir pour s'équilibrer. Les jambes, en revanche, doivent rester disposes.

Le tambour s'arrête. Le funambule, debout sur la plate-forme, se concentre pendant une longue minute. La salle est complètement muette. Et de même lorsque Soltino s'élance, qu'il parcourt ses vingt-cinq mètres sans l'ombre d'une hésitation, aucune clameur ne trouble le silence. L'audience est suspendue aux pas du funambule, dont on perçoit à peine — mais peut-être est-ce une illusion ? — le crissement des chaussons sur le fil. Soltino ne va ni vite, ni lentement, il marche juste d'un point à un autre. Une force invisible le maintient dans sa ligne aussi sûrement qu'il y a peu, une autre force jetait à bas une douzaine de novices. La traversée a duré dix secondes, peut-être quinze, elle est déjà terminée et l'on croirait qu'elle n'a pas commencé. Pendant dix secondes, peut-être quinze, le temps s'est arrêté, le début et la fin se sont confondus.

Les applaudissements éclatent alors que Soltino se laisse glisser le long d'une deuxième corde qui s'enroule autour de sa jambe. Il salue quatre fois, en pivotant d'un quart de tour chaque fois. Il n'a pas l'air ému le moins du monde. Il affiche l'air égal et tranquille du promeneur qui vient de boucler le tour de son pâté de maisons.

Puis il se retire, créant comme un flottement dans la salle. Le public réalise seulement ce qui vient de se passer. Il voudrait revoir Soltino, décomposer son pas, disséquer sa technique, mais rien de tout cela n'est pos-

sible : le spectacle est terminé, son intérêt s'est consumé en quinze secondes, dans une flamme brève et jaune qui a embrasé le chapiteau sans un bruit. Pour reculer le moment où se dispersera le public, les membres de la fédération reprennent la parole. « Nous certifions que Soltino a parcouru devant nous la distance de vingt-cinq mètres sur un fil tendu 28 mètres au-dessus du sol. » Enfin, le speaker claironne : « Les records sont faits pour être battus. Demain Soltino marchera plus haut. » Sur cette dernière phrase, qui semble vanter la longévité d'une pile électrique et promet un nouveau rituel, il coupe son micro. Les machinistes envahissent la piste.

*

Quand il apprit que j'étais en pourparlers avec Lamprière pour lui vendre les droits de ses prochains exploits, il eut cette remarque : « Je suis certain qu'il ne m'a jamais vu sur un fil. Mais je ne lui en veux pas puisque je n'ai jamais regardé une de ses émissions. Voilà au moins une association qui part sur des bases saines. »

Il avait, comme ça, un trait d'humour tous les deux ou trois ans.

*

Le spectacle terminé, Fauvet venait me retrouver dans ma caravane. J'étais en train de discuter avec Soltino. Dans les premiers temps, nous tentions d'analyser sa prestation. Je hasardais quelques observations sur la raideur de la jambe, sur la position des bras, sur les épaules que je trouvais un peu voûtées. Bientôt, il n'y eut plus rien à reprendre. « C'était parfait », annonçais-je. Que n'avais-je pas dit ! Soltino décomposait sa traversée par le menu, commentant le posé du chausson sur le fil ou la hauteur du genou à chaque flexion. Lui qui paraissait si désinvolte sur son fil enregistrait le moindre de ses gestes et lui trouvait mille défauts. Il était d'une telle exigence avec lui-même que mes appréciations se révélèrent rapidement périmées, inutiles.

À ma connaissance, il n'avait jamais suivi de cours d'anatomie ou de maintien. Il était évident pourtant qu'il aspirait à une certaine forme de perfection. J'aurais aimé l'accompagner dans cette quête. Certains idéaux rapprochent les gens ; le sien n'était pas partageable. De confident que j'avais été, je devins peu à peu un simple impresario, puis un loueur de salles.

Je proposais à Soltino de venir boire un verre avec nous. Invariablement, il préférait aller se coucher. Plus tard dans la soirée, quand Fauvet commandait une énième tournée et que mes idées commençaient à se brouiller, il m'arrivait de penser à lui. Je l'imaginais, allongé dans le noir, revivant sa traversée pour la centième fois, tandis que la télévision projetait des ombres démesurées, blanchâtres et bleutées, sur les murs de la chambre.

*

Durant toutes ces années, j'ai consigné dans un carnet la liste de ses exploits. Chaque soir, je notais la date et le lieu du spectacle, la hauteur du fil et d'éventuelles observations. La première page est datée du 3 juillet 1977, la dernière du 26 septembre 1983. Entre ces deux dates, s'intercalent près d'une centaine de pages, qui se firent de plus en plus vides à mesure que nous approchions du terme de notre association.

En relisant ce carnet, je réalise avec tristesse que les premières sorties de Soltino se confondent dans ma mémoire, que la logique de l'escalade qui, seule, leur conférait l'apparence de l'unité, semble désormais inopérante. Si ma raison distingue le lien qui existe entre « 12 juillet-Toulouse-21 mètres », « 18 juillet-Bordeaux-26 mètres » et « 23 juillet-Nantes-30 mètres », j'ai du mal à retrouver la ferveur qui nous jetait dans ces tribulations sans fin. J'ai tout oublié de Montauban où nous passâmes le 4 août de l'année 1977 et où Soltino marcha sur un fil tendu 37 mètres au-dessus du sol. Je ne sais presque plus rien de cette semaine passée à Metz pendant l'hiver 1979 où il améliora son record à trois reprises. Tous ces chapiteaux, ces terrains de football, ces stades, tous ces billets vendus, ces verres de bière débités dans les buvettes, ces tickets déchirés à l'entrée, toutes ces mains serrées et tous ces autographes signés sur des sacs en plastique... Ce programme dont j'étais si fier à l'époque trouve avec le recul sa véritable dimension, celle du vain et de l'artificiel.

En deux mois, pendant cette tournée de l'été 1977 dont je pensais garder chaque détail en mémoire, Soltino battit son record à vingt-trois reprises. Il était parti d'un fil tendu à 10 mètres, que nous élevions de deux ou trois mètres à chaque tentative. Au début du mois d'août, certains problèmes techniques commencèrent à se poser. L'installation du décor prenait de plus en plus de temps. Un soir à Antibes, une rafale de vent manqua arracher les pylônes. Les chapeaux des spectateurs s'envolèrent mais Soltino resta d'aplomb ; à peine s'immobilisa-t-il quelques secondes avant de repartir. Il me déclara après le numéro que c'était un bon exercice, qu'il faudrait songer à renouveler. J'aime à penser qu'à ce moment il me faisait encore confiance puisqu'il me croyait capable de commander le vent.

Nous ne pouvions plus continuer sur ces bases. J'expliquai à Soltino que, jusqu'à la fin de l'été, nous ne monterions plus le fil que de un mètre chaque soir. Il le prit très mal. « À ce rythme-là, me dit-il, nous n'arriverons jamais au bout. Nous n'allons quand même pas nous traîner des années à 35 mètres. » J'invoquai les engagements pris, je lui promis que sitôt la tournée terminée, nous reprendrions notre escalade. Il se contenta de ces maigres arguments. L'ambiance se détériora pendant les trois dernières semaines. Au fond de lui, Soltino bouillait de ces sauts de puce dérisoires vers le sommet. Nous nous séparâmes quelques mois, que je mis à profit pour imaginer de nouvelles attractions. Je n'eus aucune nouvelle de Soltino pendant cette période.

Selon moi, nous avions atteint la limite de ce que nous pouvions faire en utilisant des structures démontables. Le dernier spectacle de l'été s'était tenu sur l'hippodrome d'Auteuil. Il avait fallu quatre jours pour dresser les pylônes et en assurer la stabilité.

Nous avions frôlé la catastrophe quand la commission de sécurité nous avait d'abord refusé son visa. Quelques heures avant le début du spectacle, elle exigea encore des aménagements, que nous eûmes tout juste le temps de pratiquer.

Un autre facteur plaidait en faveur d'un renouvellement de notre formule. Je craignais que l'intérêt ne s'émoussât. L'incroyable maîtrise de Soltino ne suffirait peut-être pas toujours à soutenir l'engouement du public. Il fallait doter le numéro d'un atout supplémentaire : le site. Si les gens avaient aimé Soltino quand il marchait entre deux plates-formes démontables, ils en raffoleraient quand il enjamberait le Grand Canyon.

Nous conservions bien entendu le principe du record. Il avait fait notre réputation et Soltino avait besoin d'un enjeu pour donner le meilleur de lui-même. Mais à l'avenir, chaque tentative bénéficierait d'une dimension supplémentaire, historique, culturelle ou esthétique.

Soltino approuva mon programme car il lui donnait l'occasion d'avancer plus rapidement. D'emblée, le fil était placé à 102 mètres, soit cinquante mètres au-delà du précédent record. Il était tendu entre deux tours du nouveau quartier de la Défense. L'autorisation nous fut accordée sans difficulté : les promoteurs cherchaient depuis longtemps un moyen d'attirer l'attention du public sur un projet dont la commercialisation se révélait laborieuse.

*

Comme je n'avais pas de nouvelles, j'ai composé le numéro qui figurait sur la carte de M. Adet. Au passage, j'ai appris que celui-ci était officiellement enquêteur et non détective. J'en ai conçu un dépit certain, inexplicable.

Il s'est écoulé quelques sonneries avant que quelqu'un ne décroche. Ce n'était ni Adet, ni même Mirandol, mais un troisième larron qui s'est présenté sous le nom de M. Nosin ou Nosine, je ne sais plus : il chuchotait dans le combiné comme s'il téléphonait en cachette. Je me suis présenté. « Vous êtes un collègue de M. Adet », ai-je demandé. « Son acolyte », a-t-il répondu très sérieusement. Son acolyte : bien sûr.

« Savez-vous ce qu'il a pu découvrir sur la personne dont je lui ai parlé ? » Monsieur Nosin a eu l'air surpris. « Vous n'avez pas reçu de rapport ? — Non, pourquoi ? J'aurais dû ? — Pas forcément. Tout dépend si M. Adet a eu le temps de vous écrire. » Mon interlocuteur était vraiment d'une logique implacable. « Je crois qu'il est parti ce matin, a-t-il poursuivi. Il prenait l'avion à huit heures. Mais je ne pourrais pas vous dire où il va. M. Mirandol doit le savoir. Il vous rappellera. » Quand je lui ai demandé quand rentrait M. Mirandol, il a chuchoté que les éléments en sa possession ne lui permettaient pas de se prononcer. J'ai trouvé qu'à la fin, cela faisait beaucoup d'incertitudes.

*

Le numéro de la Défense avait réuni trente mille personnes, celui de la tour Montparnasse en attira près de cent mille. Les gens se pressaient contre les barrières disposées dans la rue de Rennes, l'avenue du Maine et le boulevard du Montparnasse. Le spectacle était gratuit, seule condition qu'avait mise Lamprière en achetant les droits de la retransmission télévisée. Il était venu me trouver le soir de l'exhibition de la Défense. Il me proposait de couvrir les dix prochaines prestations de Soltino, moyennant une somme qui dépassait largement toutes les recettes engrangées lors de notre tournée. Sa chaîne n'avait pas plus mauvaise réputation qu'une autre ; j'acceptai donc, mais pour cinq manifestations seulement, le contrat étant à renégocier par la suite.

De ce jour, nous fûmes riches. Jusqu'à présent, nous vivions très bien des sommes que nous versaient les organisateurs. Le contrat avec Lamprière nous propulsa dans une sphère différente, où la rémunération n'avait plus rien à voir avec l'effort consenti. Il y avait là un danger : Soltino, qui était désintéressé, sut l'éviter.

Ce dimanche après-midi, il fut parfait. Il devait parcourir quatre-vingts mètres de la Tour jusqu'à la grue louée pour l'occasion. C'était une distance beaucoup plus longue que les vingt-cinq mètres auxquels nous l'avions habitué. Mais pour lui, la longueur de la traversée ne changeait rien à l'affaire. Ce jour-là, il resta à peine quarante secondes sur le fil, ce qui correspond à une moyenne horaire de plus de sept kilomètres. Il évoluait dans un autre monde, transcendé à l'idée qu'il était en train de porter d'un coup son record à 149 mètres.

Je crois que les trois années qui s'écoulèrent alors

furent les plus belles — et les plus heureuses — de sa carrière. Il connut son plus grand triomphe public le jour où il s'éleva du palais de Chaillot jusqu'au sommet de la tour Eiffel en traversant la Seine. Il avait fallu, pour assurer une tension suffisante au filin, utiliser des treuils d'une puissance incroyable. L'installation prit presque une semaine, l'ascension dura onze minutes. Soltino avait imperceptiblement modifié son pas. Il faisait davantage porter le poids de son corps vers l'avant, la tête était rentrée dans les épaules pour arrondir la courbe du dos, les bras à demi ouverts comme des ailes repliées. La police estima à sept cent mille le nombre de personnes venues admirer le funambule. Lamprière avait d'autres chiffres, qui dépassaient largement le million. Sa chaîne enregistra l'audience la plus élevée de son existence. De la célébrité, Soltino accéda à la gloire.

Il était heureux car rien ne venait contrarier ses plans. Tous les trois mois, il améliorait son record de trente ou quarante mètres. Il avait épuisé les possibilités de la capitale mais s'ouvraient à lui celles, quasi illimitées, des monuments naturels. Nos intérêts étaient redevenus communs, nos relations excellentes.

*

Mirandol ne rappelle pas. En raccrochant hier, j'ai regretté d'avoir abandonné mon métier d'impresario. J'aurais aimé monter un numéro avec Adet et Nosin.

Ils se seraient appelés « les acolytes », trouvant leur style quelque part entre le burlesque et le surréaliste.

*

J'ai commencé à soupçonner quelque chose quand Soltino est intervenu pour la première fois dans le programme que j'avais établi. Il devait traverser les gorges du Verdon au mois de mai. Nous serions ensuite partis pour le Canada où l'attendaient les chutes du Niagara.

Il m'appela début avril pour m'annoncer que je m'étais trompé dans l'ordre des exhibitions. Il avait comparé la hauteur des deux sites et découvert que les gorges du Verdon étaient plus profondes que les chutes du Niagara. Selon lui, il s'en fallait de quatre-vingt-dix mètres. Bien entendu, il était prêt à réaliser les deux traversées, à condition de commencer par le Canada.

Je crus d'abord qu'il serait possible de le raisonner et de l'amener à composer. Je me trompais. Tous mes arguments vinrent se briser sur une résolution inébranlable. À ma remarque sur le coût d'un tel changement, il rétorqua, sans même dissimuler son mépris, qu'il ignorait que jusqu'à présent nos décisions nous aient été dictées par des considérations d'argent. Il devança mon deuxième argument, selon lequel un voyage supplémentaire pourrait le fatiguer : « J'en ai vu bien d'autres lors de notre première tournée. À l'époque, on ne se souciait pas autant de ma santé. »

Le troisième point révéla encore plus clairement le

fossé qui s'installait entre nous. Je tentai de faire appel à son bon sens. « Qu'importe qu'il y ait quatre-vingt-dix mètres d'écart entre les deux sites. Ce qui frappe le public, c'est que tu marches au-dessus de lieux mythiques. Il y a longtemps que la hauteur du fil ne l'intéresse plus. D'ailleurs, tu as toujours prétendu que c'était un critère qui n'avait aucun sens. — Il faut savoir ce que l'on veut, répondit Soltino. Nous avons annoncé que je marcherais toujours plus haut. Nous devons tenir nos engagements. »

Sur ces mots, il raccrocha. Je le rappelai quelques heures après pour lui confirmer le changement de programme.

*

Quand, par hasard, je l'ai rencontré il y a trois ans, j'ai été stupéfait de constater à quel point s'étaient amplifiées des tendances qui n'étaient encore qu'à l'état latent lors de notre collaboration. Nous nous sommes croisés sur le boulevard Raspail. Si je ne l'avais pas interpellé en lui tendant la main, je crois qu'il ne m'aurait pas reconnu. Nous avons discuté quelques minutes sur le trottoir, puis je l'ai emmené à la Coupole, à deux pas de là. J'ai commandé un café et des gâteaux ; il a pris un verre d'eau.

Il était devenu monomaniaque. Ses attitudes, ses propos, sa voix même, tout son comportement ne parlaient que du jour où il remonterait sur un fil pour améliorer son record. Depuis sept ans, il cherchait sans succès le théâtre de sa prochaine tentative. Il revenait d'Afrique, découragé par les conditions climatiques exécrables qui régnaient au sommet du Kilimandjaro. On lui avait aussi parlé de l'Anapurna et de la possibilité de tendre un fil entre deux crêtes. Il partait le lendemain avec pour seul contact sur place le nom d'un alpiniste français établi au Népal. J'appris plus tard par un entrefilet paru dans *Le Soir* qu'il avait dû renoncer une fois encore.

Il ne manifesta aucune joie en me retrouvant après tant d'années. Je crus lui faire plaisir en lui parlant du passé et de ses exploits les plus fameux. Depuis bien longtemps, il avait laissé tout cela derrière lui. Il critiqua violemment sa traversée de la Seine. D'après lui, nous avions lésiné sur les moyens. L'idée d'arriver au sommet de la tour Eiffel était bonne, mais, pour bien faire, il aurait fallu partir du Sacré-Cœur. Montmartre se trouvant nettement au-dessus du niveau de la Seine, nous aurions ainsi gagné une centaine de mètres. « Et encore, avait-il soupiré, pourquoi s'être donné tant de mal alors que les Alpes nous attendaient déjà... » Alors je compris que pour lui, la hauteur du fil ne se mesurait plus en mètres mais en kilomètres, qu'il ne tirait plus aucun plaisir de son altitude mais se laissait griser par un chiffre, une abstraction, du vent.

Je lui proposai de remonter une association. Je l'assurai que les télévisions avaient oublié la catastrophe du Mont-Blanc et que je n'aurais aucun mal à remobiliser les médias sur son nom. Je lui soumis également une idée que je caressais depuis quelque temps : Monsieur Ko était en pleine ascension, il serait ravi de créer un duo avec celui qui restait la référence de tous les équilibristes. On pouvait imaginer toutes sortes de compétitions, de défis et de variations sur le thème du maître et de l'élève. À mesure que je développais mon idée, elle me semblait de plus en plus réalisable. J'envisageai la possibilité d'organiser une épreuve de vitesse entre les deux hommes. Ils partiraient chacun d'une plate-forme, le premier arrivé au milieu du fil remporterait la course. Quand j'eus fini d'exposer mon projet, il demanda simplement : « Qui est ce Monsieur Ko ? »

Car c'est ainsi, il ne suivait pas l'actualité du spectacle, il ignorait qu'un garçon de vingt-cinq ans était en train d'écrire une des plus belles pages de l'histoire de l'équilibrisme. Depuis sept ans, il n'était pas remonté sur un fil dans une manifestation officielle. Quand je lui demandai si cela ne lui manquait pas trop, il me répondit qu'il voulait aller au bout de ce qu'il avait entrepris. « Mais tout de même, m'échauffai-je, je t'ai découvert dans une kermesse. Rappelle-toi, tu marchais trois mètres au-dessus du sol. Ta technique était peut-être un peu moins affûtée qu'aujourd'hui, mais tu t'amusais davantage. Tu prives le public d'un spectacle extraordinaire et tu te prives toi-même de la joie d'exercer le métier que tu connais le mieux. T'entraînes-tu au moins ? Ou ne supportes-tu pas l'idée de marcher seulement dix mètres au-dessus de nos têtes ? »

Il me répondit qu'il remonterait sur le fil le jour où il aurait trouvé un nouveau défi. Il ne parut pas remarquer la réprobation contenue dans mes questions. Nous nous quittâmes sans la moindre cordialité. Je me rendis compte en arrivant chez moi que j'avais oublié de prendre son numéro de téléphone.

*

J'avais eu du mal à encaisser son caprice à propos des gorges du Verdon ; je ne me remis jamais complètement de l'affront qu'il me causa avec le projet d'Iguaçu. Quelques jours après la traversée des chutes du Niagara, je reçus une lettre d'un régisseur de spectacles brésiliens, le senhor Gomes. Il me proposait d'organiser un numéro comparable au-dessus des chutes d'Iguaçu. Nous pouvions d'ores et déjà compter sur l'appui du gouvernement, pour qui cet exploit serait l'occasion d'exalter le modernisme du Brésil, en passe de se doter du plus grand barrage du monde. Il acceptait de prendre en charge le transport et l'hébergement de tous les médias. Cela allégeait considérablement les frais et suffisait à rendre l'opération très profitable. Après m'être renseigné sur la réputation du senhor Gomes, je lui donnai mon accord de principe. Il m'informa par retour de télex qu'il lançait les premiers préparatifs.

Je n'avais pu demander son avis à Soltino. Il était parti quelques jours sans laisser d'adresse. À son retour, je lui présentai le projet comme acquis, sans penser un instant qu'il pourrait lui déplaire. J'essuyai ce jour-là la pire humiliation de ma carrière. Soltino écarta l'affaire sans même entendre les arguments que j'avais préparés. Il lui suffit de savoir que la hauteur du fil — 700 mètres environ — était inférieure à son dernier record pour m'interrompre et me signifier qu'il n'irait pas au Brésil. Pour la première fois, le ton monta entre nous. Je dis à Soltino que je ne pouvais plus m'occuper de ses intérêts dans ces conditions ; que sa conduite, à force d'être logique, en devenait stupide ; que ma parole nous engageait vis-à-vis de Gomes, et beaucoup d'autres reproches que j'ai oubliés depuis, mais qui, sur le moment, me vinrent d'autant plus facilement que je les refoulais depuis longtemps. Soltino, lui, resta très calme. C'était sa force et ce qui le rendait si exaspérant parfois. Il se contenta de souligner qu'il était seul juge de sa conduite, que ma parole ne l'engageait pas et que j'étais libre de me consacrer à d'autres artistes. Comme si cela ne suffisait pas à rétablir la vérité du rapport de forces qui existait entre nous, il me fit prendre mon téléphone et appeler le senhor Gomes pour l'informer que nous renoncions au projet.

Je crois qu'à cet instant, nous pressentions déjà l'un et l'autre la séparation. Nous ne pouvions pas continuer indéfiniment à trouver de nouveaux défis, sans cesse plus hauts, plus spectaculaires. Quelques années plus tôt, nous nous étions engagés dans cette voie sans nous douter qu'elle nous conduirait si loin. Il nous fallait réagir à ce qui ressemblait fort à une impasse.

Ma position était pragmatique. Elle découlait naturellement de mon tempérament et de mon métier. J'étais impresario et un impresario ne s'arrête jamais, il a toujours une solution de rechange au cas où son poulain se casse la jambe ou le répudie brutalement.

La logique de Soltino était exactement à l'opposé. Il se souciait peu de rebondir ou de préparer le deuxième volet de sa carrière. Une seule chose l'intéressait : aller au terme de son dessein pour « voir ce qu'il y avait au bout». Quand je lui expliquai qu'un artiste au faîte de sa gloire ne devait jamais quitter le devant de la scène, il me rétorqua que nous n'avions pas la même notion de la durée. Qu'importait au public qu'il prît congé de lui pendant quelques mois ou quelques années; il était convaincu que sur son seul nom, je mobiliserais des milliards de spectateurs le jour où il remonterait sur un fil. Je crois avoir dit déjà que Soltino était modeste mais conscient de sa valeur. En l'occurrence, il se trompait. Il croyait son nom à l'abri des effets dévastateurs du temps; quelques années plus tard, il n'était déjà plus pour Lamprière qu'une gloire du passé.

*

Un jour, nous fûmes à court d'idées. Il y avait bien un projet mais il ne pourrait voir le jour avant une année. Les paramètres de chaque exploit devenaient en effet si complexes qu'il fallait désormais les soumettre aux ordinateurs. Les gens continuaient d'admirer Soltino pour des raisons esthétiques (la beauté d'une silhouette qui se découpait dans le ciel), émotionnelles (la fragilité de l'homme face à la nature), sportives (l'attrait du record, inépuisable, éternellement neuf). Ils ignoraient que ces quelques minutes miraculeuses nécessitaient des mois de calcul et de simulation. La solidité et la tension du fil demeuraient le principal enjeu mais s'y étaient ajoutées d'autres questions, tout aussi délicates, comme le risque météorologique, la violence du vent ou l'emplacement des tribunes.

Dans l'intervalle, j'estimai que Soltino devait entretenir sa notoriété. Je lui conseillai de participer à des émissions télévisées. Il m'opposa que son métier était de marcher sur un fil, non de discourir. Je revins néanmoins à la charge, lui proposant de monter un numéro original où il pourrait par exemple exercer ses talents de jongleur (car, j'ai oublié de le dire, il jonglait comme un professionnel. Lui qui était incapable de plier une chemise se révélait d'une adresse diabolique dès qu'il avait cinq quilles en main). Je devançai l'objection en expliquant que ce numéro serait comme une parenthèse dans sa course au record et pourrait avoir lieu à une hauteur inférieure à celle de son dernier exploit. Mais ma tentative était vouée à l'échec, comme l'étaient d'ailleurs toutes celles qui visaient à le détourner de son projet. Il m'avait expliqué lors de notre première rencontre qu'il n'utiliserait jamais de gadgets, il choisit une autre formulation ce jour-là en m'indiquant qu'il n'admettait que deux accessoires : le fil et son corps.

Une année de silence s'écoula donc entre les deux derniers exploits de Soltino. Je le rencontrai trois fois en douze mois, toujours pour évoquer les arrangements de l'opération Mont-Blanc, comme la surnomma un jour Fauvet. J'en profitai pour auditionner d'autres artistes. J'embauchai un homme-canon que je gardai deux ans, un couple de trapézistes qui me quitta peu après. Surtout, je découvris Monsieur Ko.

Comme Soltino, il se produisait le dimanche dans les foires. Mais il avait une tout autre personnalité que son prédécesseur. Il était aimable, curieux, ouvert; c'était un plaisir de le conseiller. Nous parlâmes de son avenir. Je lui recommandai de rôder ses numéros encore un an ou deux dans des kermesses. Je m'arrangeai pour venir le voir régulièrement afin de mesurer ses progrès. Il avait cette application que j'avais déjà pu noter chez Soltino et qui est, je crois, le propre des grands champions.

Comme nous en étions implicitement convenus, je lui fis signer un contrat un an plus tard, moins d'un mois après la déroute du Mont-Blanc. C'est ainsi que j'ai eu pendant huit années, quasiment sans interruption, un funambule à mon répertoire.

*

Le 26 septembre 1983, Soltino a brisé sa carrière. Il n'a eu besoin d'aucun concours, il s'y est employé seul, avec application et bonheur, sans même penser que dans sa chute, il entraînait tous ceux qui, fidèlement, le servaient depuis des années.

Tout au long de l'année qui précéda ce jour funeste, il avait fait preuve d'un entêtement qui aurait dû me faire craindre le pire. L'opération Mont-Blanc devait marquer sa consécration ainsi que le point culminant de l'histoire de l'équilibrisme. Il s'agissait de marcher sur un fil qui reliait deux pointes rocheuses du massif du Mont-Blanc, à une altitude approximative de 4 300 mètres. La traversée devait durer quatre ou cinq minutes. Deux éléments la rendaient particulièrement périlleuse : le vent qui souffle en rafales au sommet du Mont-Blanc et le manque d'oxygène. Et toutes les précautions que nous pouvions prendre ne suffiraient pas à annuler la part du risque.

Jusqu'alors, la hauteur du fil avait toujours coïncidé avec la profondeur du gouffre se trouvant sous les pieds de Soltino. Tel n'était pas le cas ici : un promontoire neigeux situé quelque deux mille mètres sous le fil aurait stoppé la chute de Soltino. Ce point souleva quelques commentaires. Un éditorialiste réputé argua que seul comptait le vide sous le fil et que la question de l'altitude était annexe. Soltino ignora purement et simplement la remarque. Si j'avais eu à répondre à ce polémiste, je lui aurais sans doute opposé ceci. Que, dans le cas du Mont-Blanc, la profondeur du précipice, quoique inférieure à l'altitude absolue, était de toute façon effrayante et bien supérieure à celle du précédent exploit (je me souviens qu'une étole rouge sang glissa des mains d'une journaliste, qu'elle flotta de longues secondes soulevée timidement par le vent avant que la brume des nuages ne la ravisse à mon regard). Que la grandeur du site justifiait quelques concessions, que l'à-pic importait moins que la terrifiante splendeur des crêtes. En revanche, j'aurais sans doute gardé pour moi cette révélation troublante, à savoir que la distance ne devait pas se mesurer du fil au sol mais du fil au ciel, que pour Soltino, l'essentiel n'était plus de s'éloigner de la terre mais de se rapprocher des couches les plus élevées de l'atmosphère, tel le condor qui plane au sommet des grands cols.

*

Pour la première fois de notre association, Soltino se piqua de contrôler l'organisation du numéro. Je ne le vis que trois fois en un an mais, chaque fois, il me fit reprendre le dossier de zéro. Il refusait qu'untel soit présent sur les lieux, il avait son idée sur l'emplacement de la moindre caméra. Ses positions n'étaient pas négociables.

Chaque vexation qu'il me fit subir accroissait ma rancœur. Au fond de moi, je le traitai de vaniteux et d'ingrat. Au fond de moi seulement, car l'enjeu dépassait largement les inimitiés. Oui, sur le moment, je l'ai détesté. Si je n'avais pas supporté si lourdement les conséquences de sa trahison, je crois même que je me serais réjoui de le voir si ridicule. Mais le temps a eu raison de mon ressentiment. Aujourd'hui, c'est la pitié qui l'emporte.

Les télévisions de quarante pays devaient retransmettre l'exploit en direct. C'est une chaîne française qui avait payé le plus cher, ce qui lui donnait le droit de fixer l'heure du numéro. À 20 heures, son journal télévisé s'ouvrirait sur des images du Mont-Blanc. Le présentateur situerait les enjeux du défi puis céderait la parole à un envoyé spécial. À 20 h 15 exactement, Soltino s'élancerait. En comptant cinq minutes de traversée et dix minutes de commentaires inutiles, on arrivait juste à trente minutes d'antenne, à l'heure de la plus grande audience. Deux écrans publicitaires de part et d'autre de la retransmission devaient rentabiliser l'opération.

À 19 h 20, alors que la météo nous promettait une fenêtre de calme, Soltino voulut connaître la hauteur exacte du fil. Les réponses divergèrent. 4 303 mètres, dit le premier juge appointé par la fédération française, 4 292, corrigea le second, désigné par la fédération internationale. Aujourd'hui encore, j'ai peine à croire qu'une carrière peut basculer pour onze mètres. Soltino demanda aussitôt ce qui expliquait un tel écart. Le juge français avait retranché cinq cent sept mètres de la hauteur, bien établie, du Mont-Blanc tandis que le juge américain se basait sur des cartes d'état-major, qui indiquaient la plate-forme où nous nous trouvions à 4 292 mètres. Dans tous les cas, il était prévu que la hauteur du fil serait déterminée avec certitude grâce à un cliché pris par un satellite soviétique. La discussion qui s'engagea n'avait par conséquent aucun sens.

Soltino annonça qu'il ne traverserait pas tant qu'il ne saurait pas à quoi s'en tenir sur la hauteur du fil. « Il a la trouille, il essaie de repousser le moment où il faudra y aller », diagnostiqua, plein de finesse, le caméraman qui officiait à mes côtés. J'aperçus aussitôt dans quel bourbier nous risquions de nous enliser. Je pris le juge français à part, laissant Soltino baragouiner avec l'Américain. Je lui expliquai que nous risquions de n'être pas prêts à temps s'il ne s'accordait pas avec son collègue. Il retourna vers Soltino et confessa qu'il s'était trompé, la hauteur était bien de 4 292 mètres.

La colère de Soltino dépassa tout ce que j'avais pu imaginer quand il devina mon influence dans la démarche du juge. Il menaça de suspendre le numéro si l'on n'établissait pas la vérité. Il se fit apporter les cartes et se plongea dans leur étude. Lorsque je lui proposai de laisser tout cela et de se préparer, il me répondit par une insulte. Il était 19 h 40.

L'envoyé spécial commençait à se douter de quelque chose. Il vint me trouver et me demanda si tout se déroulait comme prévu. Je me rappelle encore ma réponse : « Tout se passe à merveille, ce qui doit arriver arrivera. » À ce moment déjà, j'avais compris que notre destin, de funambule, d'impresario, était en train de se jouer et que je tenterais vainement de peser sur le cours des choses. Un an plus tôt, j'aurais déployé mille arguments pour convaincre Soltino. J'aurais brandi la menace, invoqué notre expérience, notre amitié. Mais un an d'empoignades m'avait fait comprendre que les raisonnements les plus forts se briseraient toujours sur sa carapace. À quoi bon sauver quelqu'un qui avait forgé sa propre déchéance ?

J'entrevis les conséquences de mon acte. Je vis les négociations qu'il faudrait mener avec les chaînes de télévision, les droits qu'il faudrait restituer, les frais techniques qui resteraient à notre charge et viendraient ruiner six années de succès consécutifs. Malgré tout cela et malgré la certitude que mon geste allait précipiter notre déclin, j'abdiquai. Je laissai Soltino à ses arguties. Pendant la demi-heure qui suivit, je discutai des études de sa fille avec un machiniste, l'esprit parfaitement libre : une période de ma vie s'effondrait au même moment, mais de manière si inéluctable qu'il eût été vain de m'y arrêter.

Quand, à 20 h 15, Soltino refusa de s'élancer, au prétexte que les juges ne parvenaient pas à se mettre d'accord sur la hauteur du fil, le régisseur se mit à ma recherche. Je l'entendis crier mon nom entre les baraques de fortune que nous avions adossées à la montagne mais je me gardai bien de répondre ; ce fut le machiniste qui signala ma présence. Il me fallut écouter le récit des atermoiements de Soltino, simuler la surprise et l'agitation. Puis je m'affairai pour donner le change, me posant en conciliateur, minimisant la dispute. Mais il était trop tard, je le savais et Soltino aussi le savait, dont l'air buté n'avait plus grand-chose à voir avec la candeur et le désir de bien faire que j'avais décelés six ans plus tôt.

Il s'élança finalement à 21 h 40. Sa traversée dura quatre minutes et trente secondes mais les téléspectateurs n'en virent jamais rien. À 20 h 30, l'envoyé spécial avait préféré rendre l'antenne pour ne pas contrarier la programmation. Toutes les chaînes se plaignirent de la médiocre qualité des images. La nuit tombait ; après une minute et cent cinquante mètres environ, la silhouette de Soltino s'était estompée dans l'obscurité. Nous sûmes qu'il était arrivé de l'autre côté à la clameur des journalistes massés au pied de la plate-forme.

Je remboursai tous les droits télévisés sans discuter. Inexplicablement, j'ajoutai une prime au forfait des machinistes. Je ne donnai pas mon avis à Soltino, qui ne me le demanda du reste pas.

Ma carrière d'impresario connut un tunnel de deux ans, dont je sortis par la seule grâce de Monsieur Ko. Celle de Soltino se brisa net. Le public lui gardait sa faveur mais s'étonnait de ne le voir nulle part. Le monde du spectacle avait tant perdu dans cette affaire qu'il nous ferma ses portes du jour au lendemain. Les médias solidaires crucifièrent celui qui avait enfreint les règles du jeu.

*

Un jour, Monsieur Ko perdit l'équilibre, s'abîma cinquante mètres en contrebas. Le pied avait roulé sur le filin et, n'ayant plus rien pour le retenir, avait crevé le plan horizontal. Déséquilibré par cet affaissement brutal, Monsieur Ko bascula sur le côté droit, perdant toute chance de se rétablir. Je me souviendrai toujours de cet instant où, voyant qu'il était perdu, il baissa les bras et s'écarta du fil d'une pression du pied. Il avait pris son parti de la chute, espérant peut-être sauver sa vie en optimisant l'impact au sol. Mais il n'y eut pas de miracle : il eut beau tomber parfaitement droit, présenter au contact ses jambes les premières, les articulations se brisèrent instantanément, le buste partit en arrière, la tête heurta le sol, la mort aussitôt s'ensuivit.

*

J'ai reçu ce matin par fax le rapport de M. Adet. Soltino ne participera pas à l'émission de Lamprière. J'aimerais qu'on lise ces quelques feuillets à l'antenne pour expliquer son absence.

Il a été relativement facile de retrouver la trace de la personne que vous cherchiez. Je me suis rendu à sa dernière adresse connue. La concierge m'a appris que Soltino n'habitait plus là depuis plusieurs mois déjà. Il était parti s'installer à l'hôtel, « quelque part dans le quartier ». J'ai fait le tour des hôtels alentour en demandant si le nom du disparu figurait dans les registres, soumettant à l'occasion une photographie au récep-

tionniste. Il est apparu que Soltino a résidé cinq mois à l'hôtel du Départ, 43, boulevard du Montparnasse. Il s'est inscrit sous son vrai nom le 18 décembre 1992. Personne à l'hôtel n'avait fait le rapprochement avec Soltino le funambule mais le directeur a formellement reconnu son pensionnaire sur le cliché que je lui ai présenté.

Il a quitté l'hôtel du Départ le 22 mai dernier. Un matin, il a fait préparer sa note et appeler un taxi. L'employé qui était de service l'a entendu indiquer au chauffeur qu'ils allaient à Roissy. Il n'avait pour bagage qu'un gros sac à dos de toile blanche.

On retrouve son nom sur la liste des passagers du vol d'Air France AF 502 à destination de New Delhi qui partait de Paris à 12 h 40. De là, il devait rejoindre le Népal par Indian Airlines. Dans l'impossibilité de vous joindre pour vous faire part des premiers résultats de mon enquête, j'ai pris à mon tour un billet pour Katmandou, le 6 juillet.

Il m'a fallu quelques jours pour retrouver Soltino. Personne ne l'avait remarqué à l'aéroport, les quelques hôtels de la ville n'avaient pas son nom sur leurs registres. Katmandou n'est pas une grande ville, je décidai d'y rester quelques jours en espérant qu'il finirait par se signaler d'une façon ou d'une autre. Je fis le tour des endroits habituellement fréquentés par les voyageurs, nul ne put me renseigner. Je m'enfonçai dans les quartiers populaires de la ville, présentant ici et là sa photo, toujours sans succès.

Finalement, mon enquête a redémarré le 16 juillet quand le directeur de mon hôtel m'a rapporté une histoire qu'il tenait de son cousin. Ledit cousin tient un refuge à une dizaine de kilomètres de Katmandou, sur une voie qui est un lieu de passage obligé pour tous les alpinistes de la région. Il avait hébergé la semaine précédente un Européen en route vers les cimes. Voyant que son hôte n'était pas un familier du massif, le tenancier du refuge lui avait proposé les services d'un guide. Les deux hommes étaient partis à quatre heures du matin, crampons aux pieds et sac au dos.

Le guide était rentré seul en fin d'après-midi. Son client lui avait demandé de le laisser seul. Interrogé sur les aptitudes de ce dernier, le guide avait déclaré qu'il avait du mal à les évaluer. L'homme avait visiblement une expérience très limitée de l'escalade mais il faisait preuve d'une adresse et d'une audace telles qu'il avait pu suivre la cadence sans efforts.

À ma demande, le directeur de l'hôtel se renseigna sur ce qu'il était advenu de cet étonnant voyageur. On ne l'avait pas vu redescendre. Mais il avait pu rejoindre un village plus haut, qui s'appelle Naïba et dont lui avait parlé le guide. Pendant toute leur ascension d'ailleurs, l'étranger avait multiplié les questions. Il demandait la hauteur de tous les sommets, se renseignait sur les voies les plus praticables et les conditions météorologiques en altitude. Il voulait savoir s'il était nécessaire d'emporter de l'oxygène au-delà de huit mille mètres. « Pourquoi, lui avait demandé le guide, vous avez l'intention d'aller aussi haut ? — C'est possible », avait répondu l'étranger.

À Naïba, on se souvient très bien de Soltino. Les habitants, comme le cousin du directeur de l'hôtel, l'ont reconnu sur la photo que je leur ai montrée. En quelques semaines, il est devenu l'objet d'un véritable culte. Il a réussi à étonner par sa témérité des gens nés dans la montagne. Il logeait chez le maire du village. Tous les matins, il partait seul, sans carte ni balise. Le creux d'une montagne le ravissait à la vue des villageois mais vers midi il reparaissait, allant d'un pas sûr, traçant dans la neige une belle ligne droite. Puis, il atteignait la crête, d'où il remontait vers le sommet, les bras en croix au-dessus de l'abîme. Il pouvait marcher deux heures ainsi, sans jamais trébucher, réglé comme une horloge. Il restait au sommet à peine une heure, qu'il employait à scruter l'horizon. Il était toujours rentré pour six heures.

Pour les habitants de Naïba que j'ai interrogés, de pareilles qualités ne peuvent venir de la seule expérience. Certains disent que Soltino est le dieu de la montagne et qu'il est revenu au cœur de l'Himalaya pour faire le tour de ses terres. D'autres prétendent que dans une vie antérieure, il était un aigle.

Physiquement, il n'a pas beaucoup changé. Il a un peu maigri, ses joues se sont creusées. Mais ce qui a frappé les gens, c'est l'air tourmenté et soucieux qui ne l'a pas quitté de tout son séjour. Dans les rares contacts qu'il a eus avec la population, il a montré de la rudesse, presque de la brutalité. Il aurait repoussé un enfant qui venait lui apporter un présent. Loin de scandaliser les villageois, ces pratiques n'ont fait qu'épaissir le mystère qui régnait autour de lui. Tout le monde regrette son départ.

Soltino a quitté Naïba le 13 juillet, il y a moins d'une semaine. La veille au soir, il a eu une discussion avec le maire. Il lui a montré du doigt un sommet lointain, à plusieurs dizaines de kilomètres, qui bien que plus massif paraît dominer tous les autres. Il voulait gravir cette montagne : le maire pouvait-il lui fournir un peu d'équipement et lui donner trois hommes qui lui indiqueraient le chemin ? Il les renverrait dès qu'il n'aurait plus besoin d'eux. Le maire a promis les hommes pour le soir même. Soltino pourrait partir dans la nuit.

Les habitants de Naïba appellent cette montagne le « toit du monde ». Il faut compter quinze jours de marche depuis Naïba pour en atteindre les contreforts, et plusieurs jours ensuite jusqu'au sommet. J'ai interrogé les guides de Katmandou sur les chances de Soltino de réussir l'ascension sans matériel ni préparation. Les plus optimistes les ont qualifiées d'improbables, la majorité pensent qu'elles sont nulles.

Il ne faut pas espérer avoir des nouvelles de l'expédition avant trois semaines. Du reste, Soltino est parti avec toutes ses affaires, qui tiennent dans son sac à dos. Rien ne permet de dire qu'il repassera par Naïba.

GO GANYMÈDE !

« Go Ganymède ! La lettre » était une publication de l'association « Go Ganymède ! ». Elle parut pendant quatre années consécutives au mois de juin, entre 2058 et 2061.

Première année

JUIN 2058

NOUS IRONS TOUS SUR JUPITER...

ÉDITORIAL DE WALTER J. THOMPKINS
Président de l'association « Go Ganymède ! »

Le projet Ganymède 25 est la nouvelle frontière de l'Amérique et des Américains. Unissons nos forces pour soutenir Jim Mute dans son voyage vers les étoiles.

Il y a près d'un siècle, John F. Kennedy, président des États-Unis, annonçait qu'un homme marcherait sur la Lune avant la fin des années soixante. Plusieurs raisons motivaient son dessein. La première était d'ordre idéologique : il s'agissait d'assurer la suprématie américaine dans l'espace, après que les Soviétiques y eurent envoyé le premier homme. La deuxième était d'ordre scientifique. Pendant dix ans, le programme spatial dynamisa l'ensemble des activités de recherche du pays. La troisième raison du président était la plus estimable. Kennedy souhaitait rassembler autour du projet toutes les forces de la nation. Certaines causes sont si nobles, pensait-il, qu'elles font résonner en chacun ce qu'il a de meilleur. Et parce qu'un beau jour de décembre 1960, leur président avait pointé son doigt vers la Lune, les Américains écrivirent ensemble la plus belle page de leur histoire. Ensemble, ils eurent la gorge serrée en entendant le souffle difficile, profond, d'Armstrong. Ensemble, ils virent la poussière lunaire se soulever sous ses pas.

John F. Kennedy était un tribun. Il savait les mots qui galvanisent les foules. Un seul de ses discours suscitait plus de vocations que toutes les campagnes de la Nasa réunies. On peut regretter qu'il manque à nos dirigeants cette capacité à déclencher l'enthousiasme collectif. Le porte-parole de la présidence a signifié le lancement officiel du projet du même ton égal et compassé dont il annonce la composition des gouvernements. Les chefs d'État étrangers se sont contentés d'adresser à Jim Mute des télégrammes si ternes qu'on les eût dit tout droit sortis d'un manuel de protocole.

Or, nous avons une vision, pour reprendre l'expression d'une autre figure des années soixante, le révérend Martin Luther King. Jupiter n'est encore qu'un chantier : pour peu que nous y consacrions notre passion et notre énergie, nous pouvons y jeter les bases d'un développement durable et harmonieux de la race humaine dans le système solaire.

Le sous-sol jupitérien recèle des richesses inépuisables. Métaux et gaz les plus rares s'y trouvent en telles quantités que toutes les méthodes de production sur Terre s'en trouveront transformées. Les conditions relativement clémentes qui règnent sur certains satellites de la planète en font le lieu d'implantation idéal pour des installations permanentes, dont s'envoleront un jour les nouveaux messagers de la paix et de la coopération entre les peuples.

Un homme est porteur de tous nos espoirs. Il s'appelle Jim Mute ; il sera le seul passager de Ganymède. Cet homme est d'un courage exceptionnel. En effet l'Agence n'a pu lui garantir qu'il reviendrait sur Terre : une fois leur mission terminée, le vaisseau et son pilote tourneront autour de la planète qu'ils sont chargés d'étudier, jusqu'à l'arrivée d'une éventuelle mission de sauvetage.

Jim Mute aura besoin de nous. L'association « Go Ganymède ! » s'est créée dans un grand élan de sympathie pour cet homme, héroïque et simple à la fois. Il connaîtra les honneurs, il sera loué des plus grands. Jamais pourtant, il ne recevra témoignage plus sincèrement admiratif et désintéressé que celui de notre modeste association. Une fois l'an, nous éditerons ces quelques feuilles qui rendront compte de l'avancée du projet et accompagneront Jim Mute dans les étoiles. Scientifiques, philosophes, psychologues, nous aideront à prendre la mesure des obstacles qu'il rencontrera et des succès qu'il ne manquera pas de remporter.

Cette association est ouverte à tous ceux qui croient que le rayonnement de l'Amérique passe par la conquête de Jupiter. Elle est ouverte à tous ceux qui ont envie d'encourager Jim Mute dans son sublime périple. Elle est ouverte à tous ceux qui veulent dire avec nous : Go Ganymède !

*

CAP SUR JUPITER

Stan Lutz, président de l'Agence, explique à Ann Marrow pourquoi le projet Ganymède 25 a reçu la mention « priorité absolue ». Selon lui, les informations recueillies seront d'une qualité exceptionnelle.

AM : *Quand le projet Ganymède 25 est-il né ?*

SL : Il y a près de quinze ans. Je venais de rentrer à l'Agence dont le président à l'époque n'était autre que John O'Malone. Selon lui, nous perdions notre temps en allant sur Mars et il ne se gênait pas pour le dire. « Mars », répondit-il un jour à son chef de cabinet, « et pourquoi pas Boise tant que vous y êtes ? » Cette boutade lui valut un rappel à l'ordre du sénateur de l'Idaho, qui tenta sans grand résultat de lui démontrer l'exotisme de Boise. C'est O'Malone qui eut l'idée d'envoyer en orbite une capsule qui transmettrait en continu toutes sortes d'informations sur Jupiter, sur son climat, sur son sous-sol, sur les phénomènes physiques qui ont lieu à sa surface... Il entreprit de convaincre le président Flach de débloquer les crédits correspondants mais la somme qu'il demandait était colossale. Le président refusa à deux reprises. O'Malone démissionna peu après.

AM : *Comment expliquez-vous que le président Flach ait rejeté un projet aussi séduisant ?*

SL : Je dirai tout simplement que les priorités d'un chef d'État à l'époque n'étaient pas les mêmes qu'aujourd'hui. Deimos II, le programme qui fut choisi de préférence à Ganymède 25, avait d'autres avantages. Il était bien sûr d'une grande portée scientifique mais il visait également un but politique. Après la découverte de la fissure de Zeshan, les Chinois s'étaient crus les maîtres de l'espace. La réussite de Deimos II marqua de manière incontestable le retour de l'Amérique sur le devant de la scène.

AM : *Peut-on dire en l'occurrence que les objectifs de Ganymède sont purement scientifiques ?*

SL : Scientifiques et économiques. C'est le programme des premières fois. Première fois qu'un projet de cette envergure est financé presque entièrement par le secteur privé, première fois qu'un homme seul ira aussi loin dans le système solaire, première fois qu'il passera au moins deux ans dans l'espace.

AM : *Qu'attend-on des données que recueillera Ganymède ? En quoi peuvent-elles intéresser des investisseurs ?*

SL : Dans un premier temps, elles nous aideront à comprendre la place et le rôle exacts de Jupiter dans le système solaire. Cette connaissance est déjà en soi inestimable. Jupiter est de loin la plus grosse planète du système solaire. À terme, les données que recueillera Ganymède devraient permettre une exploitation de certaines ressources de son sous-sol, par exemple le cobalt ou le méthane dont les réserves terrestres s'amenuisent rapidement.

AM : *Faut-il comprendre qu'un jour des hommes marcheront sur Jupiter ?*

SL : Pour ma part, j'en suis convaincu. Ce n'est qu'une question d'années. Si Ganymède 25 est un succès, un autre programme suivra. Notre objectif est de créer d'ici la fin du siècle une base sur laquelle vivraient en permanence une cinquantaine de personnes. Bien entendu, nous aurons à résoudre d'innombrables problèmes mais nous comptons sur Ganymède pour obtenir des débuts de réponses.

AM : *La présence d'un homme à bord était-elle indispensable ?*

SL : Je suis content que vous me posiez cette question car c'est un sujet sur lequel beaucoup de bêtises ont été dites. La vérité est simple. Théoriquement, le cerveau de Ganymède peut mener à bien la mission pour laquelle il a été conçu sans assistance humaine. Mais en deux ans, les risques de défaillance sont significatifs. La présence d'un homme entraîné à bord permet de les diviser par dix. Quant à envoyer un équipage plus important, cela n'aurait eu aucun sens scientifiquement parlant.

AM : *La décision de laisser partir Mute sans savoir s'il reviendra n'a-t-elle pas été difficile à prendre ?*

SL : Si, bien sûr. Mais Jim est un grand professionnel. La presse a l'air de le découvrir mais il compte d'ores et déjà parmi les héros de la conquête spatiale, au même titre qu'un Armstrong ou qu'un Li Quao. Il a estimé que les avancées que permettra Ganymède justifiaient certains risques personnels. Personne ne pouvait lui dicter sa conduite et personne n'a cherché à le faire. Nous devons respecter sa décision.

AM : *Quelles sont les chances de récupérer Mute une fois sa mission terminée ? Les Chinois les disent inexistantes...*

SL : C'est faux : elles existent et c'est déjà beaucoup. Vous vous doutez bien que nous nous sommes penchés sur la question. Nous étudions actuellement la possibilité d'envoyer un autre vol habité vers Jupiter d'ici une dizaine d'années. Le président Fredrikson lui-même a exprimé sa volonté de voir nos travaux aboutir. Tous les espoirs sont donc permis.

AM : *Pensez-vous vraiment qu'un homme puisse passer dix ans seul dans une capsule de 20 mètres carrés ?*

SL : Si un homme en est capable, il s'appelle Jim Mute.

*

LA SOCIÉTÉ SACRIFICIELLE

SIMON DOPPELHEIGER

Sociologue, professeur à l'Université de Stanford

Le sociologue Simon Doppelheiger consacre un chapitre de son prochain livre au cas de Mute. Il nous en donne la primeur dans cet article. Corrosif.

Le souvenir des sociétés se perpétue souvent mieux par les sacrifices qu'elles consentent que par leurs réalisations. La religion chrétienne vit encore sur l'héritage de respectabilité de ses premiers fidèles, livrés aux lions par les Romains. De la civilisation inca nous restent des scènes atroces d'enfants énucléés et de vieillards démembrés en offrande à l'astre cruel. L'esclavage gagne ses lettres de noblesse le jour où Spartacus et ses amis sont mis en déroute, crucifiés et abandonnés en plein midi au bord d'une route poussiéreuse.

Une mort emblématique.

Le malaise de la société contemporaine s'explique en partie par l'absence de cérémonies sacrificielles. Depuis la signature avec la Chine du traité historique de coexistence pacifique, l'Amérique manque de victimes. Pendant quelques années, elle s'est contentée de prises d'otages qui tournaient mal ou de héros qui s'interposaient pour essuyer un coup de couteau à un autre destiné. Aujourd'hui, elle réclame une mort organisée, orchestrée, emblématique.

Jim Mute fait une excellente victime. Ce n'est ni un déçu ni un exclu de la société. Il incarne au contraire l'aboutissement du système éducatif et militaire américain, le triomphe de la « société compétitive » chère au président Fredrikson. Quelle merveille : Mute croit tellement aux vertus de l'*american way of life* qu'il est prêt à donner sa vie pour en garantir la pérennité ! Que se rassurent le fermier de l'Iowa, la ménagère de l'Oregon, le businessman de Fort Worth : le système est bon. La preuve, Mute le fils d'ambassadeur, le diplômé du MIT et de Berkeley, part à la conquête de Jupiter, dont le sous-sol contient assez d'argent, de zinc et de cobalt pour inonder de dollars l'Amérique tout entière.

Dans l'entourage du président, on craignit un instant que ne soit mal accueillie l'annonce de Ganymède 25. « Jamais l'opinion n'acceptera un tel sacrifice », pensait-on. Quel manque de clairvoyance chez ces hommes qui nous gouvernent ! Ils attendaient un tollé ; ce fut un triomphe. Ils redoutaient les campagnes des médias ; l'Agence vient de mettre en place un bureau chargé de répondre aux lettres d'encouragement qui affluent au rythme de trois mille par jour. Signe que la contagion gagne même les plus jeunes, un fabricant de jouets annonce pour Noël l'exacte réplique de la combinaison de Mute.

Les suppôts de l'obscurantisme.

En fait de tollé, les malheureux qui ont voulu s'opposer au programme Ganymède ont rapidement été réduits au silence. Bien sûr, l'Église y est allée de son couplet, dénonçant « la folle vanité de l'homme qui veut se faire l'égal de Dieu ». Les associations de défense des droits de l'homme ont bien tenté de montrer l'absurdité d'une opération de troc qui vise à échanger la vie d'un homme pour quelques marchandises (pis, pour la promesse de quelques marchandises). En vain. Leur révolte n'intéressait personne ; les plus ouverts l'écoutèrent poliment avant de la reléguer au rang de curiosité désuète, de barrière dérisoire sur la route du progrès...

Le drame de ces « croisés pour la vie », comme ils se sont baptisés, tient au fait que celui qu'ils plaignent déclare qu'il n'avait jamais osé rêver d'un destin si flatteur. Ils affrontent de plus un puissant lobby, organisé autour de l'Agence et des entreprises de haute technologie pour qui Ganymède est une nouvelle corne d'abondance et qui sont prêts à tout pour la défendre.

Le combat était par trop inégal. Peu à peu, ses termes se sont inversés. Les défenseurs de la vie de Mute sont devenus les suppôts de l'obscurantisme. Accusés tour à tour de conservatisme, d'aveuglement et de sottise, ils ont fini par se taire.

*

UNE JOURNÉE DANS LA VIE DE JIM MUTE

Depuis trois mois, Jim Mute a pris ses quartiers au Kennedy Space Center, à Mesa Grande en Californie. Quel entraînement y suit-il? Pour répondre à cette question, Wayne Sacey l'a accompagné pendant une journée.

06:15 Lever. Jim Mute vit dans un appartement situé au cœur de la base. Le menu de son petit déjeuner, comme celui de tous ses repas, est composé chaque semaine par un diététicien.

07:00 Mute s'élance pour son footing quotidien, un parcours de neuf kilomètres tracé entre les cactus et les rochers de Mesa Grande. Il prend régulièrement son pouls.

08:30 Instruction informatique au Collins Hall. Sur la base, Mute se déplace dans une voiturette. Ce 16 juin, il fait déjà près de 30 degrés à l'ombre. L'atmosphère est étouffante. Dans la classe, un instructeur militaire décrit les opérations de routine qu'exécutera en permanence le cerveau de Ganymède 25. Mute est concentré. Il ne prend guère de notes mais pose beaucoup de questions. Parfois l'instructeur, pris au dépourvu, répond qu'il va se renseigner directement auprès des concepteurs de l'ordinateur.

12:00 Repas au mess des officiers. Mute déjeune habituellement avec le commandant de la base. Aujourd'hui, celui-ci accueille un visiteur de marque, le secrétaire de la Défense, Les Nolton. Nolton est un ancien de l'Agence et un vieil ami de Mute. Les deux hommes faisaient partie de la première expédition vers Mars, il y a de cela six ans.

13:00 Instruction sur la vie à bord. Ce cours s'organise autour de situations concrètes, qui peuvent toutes survenir pendant les deux ans de la mission. À partir de l'énoncé précis du problème, Mute doit trouver la meilleure réponse possible et argumenter son opinion. L'instructeur est Raff Dougherty, l'astronaute le plus capé de l'Agence, qui, en cinq missions, a passé plus de trois années dans l'espace.

15:00 Instruction physique. Après l'esprit, au tour du corps d'être mis à l'épreuve. Pendant certaines phases du vol, il sera soumis à des périodes d'accélération formidable, pendant lesquelles la tête pèsera jusqu'à cinquante kilos. Il faut muscler le dos, les cervicales, les cuisses... Mute ne ménage pas ses efforts.

17:30 Cours d'astronomie pratique. C'est l'occasion d'étudier dans le détail Jupiter et ses satellites : course dans l'espace, phénomènes météorologiques, topographie... En cas de défaut du système de navigation, Mute doit pouvoir se diriger à vue.

19:00 Repas. Mute dîne souvent seul, parfois avec des amis qui viennent le voir de l'extérieur. Bien que rien ne le lui interdise, il ne sort pratiquement jamais de la base. L'Agence ne peut prendre le risque de perdre un homme qu'elle a mis plus de vingt ans à former.

20:00 Étude. Mute reprend les cours de la journée et prépare ceux du lendemain. Il met à cette tâche la même application qu'un étudiant de *college*. Puis, il termine la journée avec un livre ou en écoutant de la musique.

22:15 Extinction des feux. Jim Mute en sait un peu plus qu'hier et un peu moins que demain. Dans un an, prêt ou non, il s'embarquera pour Jupiter. Il n'aura plus de manuels, plus d'instructeurs. Il sera seul.

*

LES DESSOUS DE LA SÉLECTION

Expérience des missions longues, connaissances poussées en informatique et en cybernétique, grande stabilité psychologique, capacité à résister durablement à la solitude : telles étaient les quatre qualités principales qu'exigeait l'Agence du candidat idéal. Douze autres qualités, dites secondaires, complétaient le dispositif d'évaluation. Mute a obtenu la note de 244 points sur 300. Nat Kimberley, crédité de 203 points, a été placé en réserve.

De l'aveu d'un officiel de l'Agence, deux éléments ont fait plus particulièrement pencher la balance en faveur de Mute : son expérience (il totalise plus de dix-huit mois de missions dans l'espace) et sa solidité. Notre informateur n'a pas nié que le statut familial de Mute (il est veuf) avait été pris en compte. À cet égard, le profil de Kimberley a été jugé « plus ambigu ». La commission de sélection aurait exhibé des manchettes relatant les détails de sa liaison avec la présentatrice vedette Anne-Lyn Frazier. Dur d'être un surhomme...

*

JUPITER OU LA FIN D'UNE QUÊTE

Jim Mute ne parle guère. Mais quand il le fait, deux phrases lui suffisent à expliquer ses rapports avec l'Agence et comment il conçoit sa mission. Nick

Waltz, qui a rencontré Mute, replace le projet Ganymède dans le prolongement de sa carrière.

La vocation d'astronaute est souvent contrariée. Sur les dix prétendants que sélectionne annuellement l'Agence, deux ou trois seulement crèveront un jour la stratosphère. Le plus capé a volé cinq fois. Une semaine de mission se paie d'années de travail, pendant lesquelles l'astronaute retrouve son métier de pilote de chasse. Il décolle et atterrit jusqu'à dix fois par jour. Parfois il apponte en haute mer, sur la piste bornée d'un porte-avions. Chaque jour, il court, nage et soulève de la fonte, pour entretenir un corps qui appartient à l'Agence, dont il n'est que le dépositaire.

L'horizon est lointain, que scrute perpétuellement l'astronaute. On dit qu'il sera dans huit ans de l'épopée vénusienne. Ou peut-être y a-t-il une place pour lui dans cette colonisation de la Lune que l'on annonce pour 2066. Mais rien n'est acquis. Qu'il perde trois dixièmes de vision, que son rythme cardiaque donne quelques inquiétudes, l'astronaute sera aussitôt écarté. L'Agence le rayera de ses listes, puisera dans son vivier un garçon à l'œil clair, aux ventricules irréprochables. Il ne restera au malheureux que son aéroplane amélioré, le souvenir des années perdues et l'amertume de celui qui aurait pu flotter dans l'espace.

Être de sa promotion signifiait concourir pour la deuxième place.

Un jour, Jim Mute a été un astronaute comme les autres. Mais il est d'un métal que les assauts répétés du temps, de l'étude et des déceptions inévitables, n'ont fait qu'endurcir. Sa biographie, telle que nous la communique l'Agence, se lit comme une litanie de privations, entrecoupée de trois missions qui justifièrent l'ascèse. Le repos éternel suivra la quatrième.

À l'Université de Berkeley, où il obtint un *Bachelor Degree* en informatique, être de sa promotion signifiait concourir pour la deuxième place. Comment surclasser quelqu'un qui était à la fois le plus doué, le plus déterminé et le plus travailleur ? En arrivant à l'Agence, Mute réalisa que tout était à refaire. Ils étaient neuf comme lui à n'avoir jamais connu d'autre place que la première. Au bout d'un an, ils n'étaient plus qu'un et Mute était celui-là.

Mute fêta son vingt-huitième anniversaire sur la Lune, où il passa sept mois en 2046 avec trois astronautes chinois. C'était une de ces missions que l'Agence qualifie de routinière. Les occasions de décevoir y sont innombrables, celles de briller théoriquement nulles. Mute reçut pourtant dans son appréciation la note maximale. Au cours de sa dernière semaine sur la Lune, alors que ses coéquipiers avaient pris du retard sur le programme des expériences, il ne dormit que cinq heures en sept jours. À son retour sur Terre, il s'écroula et dormit un jour et deux nuits. C'est Stan Lutz qui rapporte volontiers cette anecdote, pour illustrer la capacité de Mute à établir des priorités et à se donner les moyens physiques de les respecter.

Il attendit sa deuxième mission sept longues années, pendant lesquelles il s'affûta encore. Il prit une grande décision en abandonnant son métier de pilote de chasse. Plus qu'aucun autre, il eut le courage de faire dépendre la réussite de sa carrière de son seul destin d'astronaute. Il postula — et fut retenu — pour participer à la conception de Ganymède. Ses performances servirent à étalonner le simulateur de pesanteur de l'Agence ; il resta au sommet de sa condition physique en courant vingt kilomètres par jour. Car le véritable astronaute sait qu'il peut être appelé à tout moment. Le relâchement lui est interdit.

Mute ne se relâcha pas. Il partit en 2053 pour une mission d'observation en solitaire de neuf mois autour de Mars. L'Agence préparait le programme Deimos III. Mute en fut tout naturellement désigné responsable. Le 2 avril 2056, il devint le premier homme à poser le pied sur une planète du système solaire autre que la Terre.

Arrive un moment...

Jim Mute aura consacré sa vie à la conquête spatiale. Ce féru d'équilibrisme s'est fait du dépassement plus qu'un principe, une véritable esthétique. L'attrait de la Lune n'eut qu'un temps, il lui fallut Mars, et aujourd'hui Jupiter. Qu'il paie de sa vie cette marche supplémentaire dans sa course aux étoiles lui importe peu. Vu son âge, Mute sait que Ganymède 25 est sa dernière mission. Et à quoi bon vivre encore, s'il n'est plus question de doubler un jour d'autres planètes ?

Je crois qu'il ne voulait pas dire autre chose quand il a répondu à une de mes questions, que je voulais insidieuse. Je l'interrogeais sur la conception qu'a l'Agence de la vie humaine, au vu de la tranche C de Ganymède 25. Ne trouvait-il pas dangereuse la voie dans laquelle elle s'engageait en sacrifiant son meilleur élément à la réalisation d'un objectif ? « Arrive un moment, me dit-il, où les intérêts d'un astronaute et ceux de son employeur se rejoignent puis se confondent. Alors la vie d'un homme devient un paramètre modélisable, en l'occurrence important, mais non essentiel. »

*

REJOIGNEZ-NOUS !

SIDNEY LE MARRE

Vice-président de « Go Ganymède ! »

« Go Ganymède ! » est une jeune association. Elle a besoin de vous pour continuer à exister et pour accompagner Jim Mute jusqu'au terme de son voyage.

L'idée de l'association « Go Ganymède ! » est née le 6 décembre dernier, quand l'Agence annonça le lancement du programme Ganymède 25 et révéla le nom de l'homme qui aurait la lourde tâche de le mener à bien. Nous fûmes quelques-uns ce soir-là à nous effrayer de la responsabilité qui pesait sur les épaules de Jim Mute. Dans nos sentiments pour cet homme, capable de donner sa vie pour notre bien-être, se mêlaient l'admiration et la compassion. Nous voulûmes lui témoigner notre gratitude et lui manifester le soutien de simples citoyens américains dans cette aventure grandiose, peut-être la plus belle qu'ait jamais imaginée l'homme. Les statuts de l'association s'écrivirent dans la nuit.

L'action de « Go Ganymède ! ».

Chaque mois, nous organiserons une rencontre avec un scientifique, un historien ou un philosophe. Ces éminents spécialistes nous expliqueront comment Ganymède 25 va changer le rapport de l'homme à l'espace. En replaçant le programme dans une perspective historique, ils en souligneront les enjeux et les écueils, les opportunités et les dangers. Ainsi, le 21 juillet prochain, nous recevrons Ophelia Strauss, la célèbre anthropologue britannique. Ces rencontres sont ouvertes à tous les membres de l'association.

Une fois par an, nous éditerons cette lettre, qui se veut un trait d'union entre Jim Mute et notre association. En quelques pages, nous ferons le point sur l'avancée du projet. Si le programme de l'Agence est respecté, le prochain numéro paraîtra quelques semaines après le départ de Ganymède 25. À ce propos, des places dans les tribunes de Cap-Canaveral sont d'ores et déjà réservées pour les cent premiers membres qui rejoindront l'association.

Comment adhérer à « Go Ganymède ! ».

Il vous suffit de renvoyer votre nom et votre adresse sur papier libre. Vous recevrez alors automatiquement votre carte de membre, un cadeau de bienvenue, ainsi qu'une invitation pour les prochaines rencontres de l'association.

Si vous souhaitez vous impliquer davantage dans le défi de Jim Mute, vous pouvez adresser vos dons par virement ou appeler notre numéro vert 1-800-GANYMÈDE. Nous n'avons mis aucune limite à votre générosité, ni dans un sens ni dans l'autre. Toutes les bonnes volontés seront les bienvenues.

Enfin et si une action plus militante vous intéresse, vous pouvez prendre contact avec nous. Nous vous indiquerons comment créer une antenne de Ganymède 25 dans votre ville ou dans votre quartier. Merci d'avance de votre collaboration et encore une fois : Go Ganymède !

P.-S. : Les statuts de « Go Ganymède ! » sont disponibles sur simple demande à l'adresse de l'association.

Deuxième année

JUIN 2059

IL EST PARTI !

ÉDITORIAL DE WALTER J. THOMPKINS

Président de l'association « Go Ganymède ! »

« La tranche A a commencé », a déclaré après le départ un Stan Lutz imperturbable. Pour nous, c'est beaucoup plus que cela : nous avons dit adieu à toute une époque...

Bon vent, Jim Mute, et puissiez-vous faire bon voyage ! Vous aviez fière allure ce jeudi 26 mai quand vous avez pénétré dans votre capsule. Sur le seuil, vous vous êtes retourné. Vous avez embrassé du regard cette base à laquelle vous attachent tant de souvenirs, la foule venue vous rendre un dernier hommage, le sol américain enfin, qui aujourd'hui vous célèbre et demain vous regrettera. Puis vous avez tiré derrière vous la porte de la capsule, tandis que, de loin en loin, nous parvenait l'écho d'un compte à rebours fantastique, irréel.

Pourquoi le monsieur fait-il ça ?

Comment vous dire l'émotion qui nous étreignit quand les haut-parleurs répercutèrent votre voix, ces quelques mots si simples, ô combien symboliques : « Mute à base, je suis prêt » ? À cet instant, je puis vous l'assurer, une vague de reconnaissance submergea l'assistance. Votre geste nous parut tout à coup si noble, si grand, qu'il n'y aurait pas eu un homme dans le public qui n'eût donné sa vie pour sauver la vôtre. Devant moi, une fillette demanda à sa mère : « Pourquoi le monsieur fait-il ça ? » En pensant à tout ce qu'il y avait derrière ce « ça », ma gorge se noua. J'eus envie d'arrêter le compte à rebours, de proclamer qu'aucune conquête ne méritait qu'on lui sacrifiât un homme, surtout de cette valeur. Mais je me rassis. Vos paroles me revinrent : « Arrive un moment où les intérêts d'un astronaute et ceux de son employeur se rejoignent, puis se confondent. » Je compris que vous étiez en train de réaliser votre vœu le plus cher. Vous aviez rêvé de Jupiter, la reine des planètes, depuis tant d'années et voilà qu'aujourd'hui, elle vous tendait les bras. Soudain me traversa l'impression, fulgurante, un rien nostalgique, qu'une époque se terminait, où le séjour de l'homme sur la Terre cessait d'être nécessité pour devenir contingence.

La foule s'agitait tandis qu'une voix distante égrenait les minutes, puis les secondes. Il n'en finissait pas ce compte à rebours, dont nous écoutions chaque chiffre dans un indicible recueillement, comme si nous l'entendions pour la première fois. Et comme il devait vous paraître long à vous aussi, sanglé à votre fauteuil, mâchoires serrées dans l'attente d'une accélération formidable.

I'm proud of this guy.

Bizarrement, les dernières minutes ne m'ont laissé aucun souvenir. Sans doute la chaleur, l'ivresse et — lâchons le mot — un certain état de grâce se conjuguèrent-ils pour me ravir à l'instant. Je repris brutalement mes esprits en entendant annoncer dix. Une véritable frénésie d'observation s'empara de moi : je voulus tout fixer de ce bref instant qui déjà appartenait à l'histoire. Pêle-mêle, je revois la casquette de mon jeune voisin (« I'm proud of this guy », disait-elle), le soleil aveuglant sur le fuselage immaculé, des milliers de bannières étoilées, les bords de l'écran géant qui se gondolaient sous la chaleur, une fumée blanche qui rayait le ciel à des kilomètres de là.

Pendant deux secondes, je crus que Ganymède 25 ne réussirait pas à s'arracher du sol. Cent gerbes de feu consumèrent la structure démontable, alors que la fusée qui s'était élevée de quelques mètres hésitait encore. Soudain, la poussée des réacteurs, qui jusque-là avait à peine contenu la pesanteur, la terrassa complètement. La fusée creva l'air, un souffle brûlant balaya les gradins. Mes yeux ne furent pas assez vifs pour enregistrer ce qui se passa ensuite mais j'eus une pensée pour vous, Jim Mute, que le choc du départ avait dû laisser pantelant. Plus que jamais, j'avais envie de vous dire : Go Ganymède !

*

L'ISOLEMENT ET LA SOLITUDE

DONNA WOLFE
Ph. D., professeur de psychologie à l'Université d'Ann Arbor

Selon Donna Wolfe, professeur de psychologie à l'Université d'Ann Arbor et romancière, la réussite du projet Ganymède 25 dépendra de la capacité de Mute à oublier sa solitude.

L'homme ignore ce qu'est la solitude. Il croit le savoir mais il n'en a qu'une vague idée, nourrie des représentations traditionnelles que constituent le forçat, l'ermite ou le navigateur. Or, pendant longtemps, on a confondu la cause et l'effet, la solitude et l'isolement. L'ermite n'est pas seul : il n'a aucun contact avec le monde mais il ne tient qu'à lui de rétablir le dialogue. De même, la traversée du navigateur n'a qu'un temps ; au milieu même des éléments déchaînés, il reste en communication avec la Terre. Quand sa radio tombe en panne, il peut encore se raccrocher à la perspective de son arrivée. D'où cette loi : l'isolement est de circonstance mais la solitude est essentielle.

On a confondu solitude et isolement.

Pour Doppelheiger[1] c'est l'état du prisonnier réduit au secret qui s'apparente le plus à la solitude. L'absence de son geôlier installe peu à peu chez lui l'impression plus générale d'une absence du monde extérieur. Doppelheiger imagine le supplice du détenu qui finit par croire que le monde a disparu. « Ce jour-là, écrit-il, le prisonnier réalise que sa vie ne vaut rien. On l'avait interné sur décision de la justice des hommes, afin qu'il purge une peine ou qu'il abjure ses idées. Mais, il n'y a plus ni justice à contenter ni régime à défendre. L'emprisonnement est gratuit, plus rien ne le justifie, pas même une raison discutable (au sens propre, qui peut être discutée). Les quatre murs qui l'entourent ne sont plus des remparts entre lui et le monde, ils deviennent une donnée fondamentale, nécessaire, de son existence. »

Mute n'est plus maître de son destin.

Ainsi, être seul, c'est n'être entouré de rien, de façon irrémédiable et définitive. À l'aune de ces critères, Mute est aujourd'hui presque totalement seul. Deux éléments empêchent que toutes les conditions énoncées par Doppelheiger soient réunies : Mute est

1. David Doppelheiger, chercheur à l'Université d'Ann Arbor, est le frère de Simon Doppelheiger, auteur d'un article paru dans le précédent numéro de cette lettre.

relié à la Terre par radio ; l'Agence évoque une possible récupération d'ici dix ou quinze ans. Pour le reste, Mute n'est déjà plus maître de son destin. Souhaiterait-il retrouver la compagnie des hommes qu'il ne le pourrait pas. La vie pourrait disparaître à la surface de la Terre sans qu'il s'en aperçoive.

Comment Mute résistera-t-il à cette formidable pression ? L'étude de son profil psychologique révèle un caractère étonnamment stable. Mute témoigne de facultés de concentration exceptionnelles. Il a également fait preuve d'une remarquable endurance lors des dernières simulations à Mesa Grande, passant six semaines complètes à bord de Ganymède, sans entendre d'autre voix que la sienne. On ne peut que s'en réjouir. Mais à qui fera-t-on croire que six semaines d'isolement peuvent présager d'une vie de solitude ?

Tous ceux qui ont eu l'occasion de rencontrer Mute avant son départ ont été frappés par son calme. Il affichait une immense sérénité. Selon sa sœur Emily, il attendait impatiemment la date du 26 mai. « Il n'était déjà plus des nôtres », déclara-t-elle après coup. Sans doute dans le tourbillon des derniers jours, Mute fut-il trop occupé pour réfléchir à son avenir. Le programme savamment préparé par l'Agence ne lui laissa d'ailleurs pas une minute de répit, l'aspirant dans une sorte d'étourdissement factice et salutaire.

Un quotidien effrayant.

Les premiers communiqués de l'Agence nous apprennent que tout se déroule comme prévu à bord de Ganymède 25. Ces nouvelles rassurantes ne sauraient pourtant dissiper nos craintes. Car Jim Mute va très vite affronter un quotidien effrayant, peuplé de rituels absurdes et de conventions vides de sens. Sa raison menacera de vaciller cent fois. Pour rester en vie, Mute devra oublier qu'il est seul. S'il commence à considérer son destin d'un point de vue objectif, s'il s'abandonne à la spéculation intellectuelle et donne prise au doute, alors il est perdu. La solitude fera son œuvre dévastatrice, le conduisant en quelques semaines de la béatitude au dépouillement, puis à l'anéantissement. Mais comment oublier que l'on est seul quand les réponses à vos questions mettent une heure entière à vous parvenir ?

*

DEUX ANS, ET APRÈS ?

Ann Marrow a visité l'intérieur de la capsule de Ganymède 25. Elle en retire une leçon de fonctionnalité mais s'interroge sur les intentions de l'Agence.

26,80 mètres carrés : c'est tout ce que les ingénieurs de l'Agence ont laissé à Jim Mute. Encore leurs premiers plans prévoyaient-ils un espace habitable de

19 mètres carrés. Seul l'avis des psychologues les a conduits à réviser leurs dessins. Ils en ont profité pour porter la hauteur du plafond de 2,15 m à 2,40 m.

Un studio de célibataire...

Nous avons été quelques journalistes à avoir le droit de pénétrer à bord de Ganymède le mois dernier. C'est Stan Lutz lui-même qui nous a fait les honneurs de la visite.

Un sas minuscule compose l'entrée de la capsule ; Mute devra impérativement y séjourner quelques minutes avant d'entrer ou de sortir dans l'espace. Une table, une chaise, un récepteur vidéo, une couchette métallique : par bien des côtés, la pièce ressemble au studio d'un célibataire. Au-dessus de la plaque de cuisson, un placard contient toutes les provisions du voyage. Les progrès de la diététique permettent aujourd'hui de faire tenir l'équivalent d'un repas dans un tube et quelques cachets. Mieux, l'Agence assure que Mute pourra changer de menu tous les jours s'il le souhaite. Sur la cloison opposée se trouvent un évier et une douchette, installation précaire qui n'est pas sans rappeler les salles de bains des trains à grande vitesse du début du siècle.

... envahi par les ordinateurs.

Les possibilités d'exercice physique, en revanche, sont impressionnantes, et pour cause : Mute y consacrera plus de deux heures chaque jour, selon un programme établi par les médecins et qui fait alterner les séances d'haltères, de corde à sauter et... de course à pied. Sur un appareil étrange spécialement conçu pour l'occasion, Mute pourra en effet courir, ramer, soulever des poids ou pédaler. Bonne nouvelle au passage pour les adeptes de musculation, l'Agence a vendu la licence de cette base multitâches au fabricant de produits de sports HCF, qui devrait commercialiser une version grand public d'ici à la fin de l'année.

Aucune photo sur les murs, aucune recherche non plus dans le choix des matériaux ou des couleurs. La fonctionnalité de la pièce a visiblement éteint l'inspiration des décorateurs. En fait, c'est le cerveau de la capsule qui lui donne sa personnalité. Les consoles, le système radio, les moniteurs envahissent le reste de la pièce. On sent qu'à la moindre occasion, ils peuvent s'étendre un peu plus et s'approprier les quelques mètres carrés qui leur échappent encore. Le décor suggère déjà que l'homme ne sera pas le maître à bord de Ganymède 25.

Deux ans, et après ?

On en sait maintenant un peu plus sur certains aspects pratiques de la vie à bord. L'eau et l'oxygène que consommera Mute seront recyclés grâce à un procédé de traitement chimique sensiblement amélioré par rapport aux derniers vols habités. La nourriture en revanche ne sera assimilée qu'une fois, les provisions ayant prétendument été prévues en quantité suffisante. Mais qu'entend-on par « suffisante » ? Stan Lutz a refusé de répondre à nos questions sur la quantité exacte de nourriture embarquée, entretenant de ce fait la confusion qui règne sur la durée du séjour de Mute dans l'espace. Il a également admis que la qualité de l'eau et de l'oxygène recyclés se dégraderait inéluctablement. Mais il n'a pas précisé à quel terme Mute en serait affecté. Selon un ingénieur de l'entreprise qui a conçu le système de recyclage, l'oxygène deviendrait irrespirable au bout de cinq à six ans. L'eau resterait potable plus longtemps, peut-être jusqu'à dix ans. L'Agence a formellement démenti ces chiffres, mais sans en avancer d'autres à la place. Dans tous les cas, ce point constitue indiscutablement une zone d'ombre du projet et un des sujets que l'Agence rechigne le plus à aborder.

Une ligne ouverte 24 heures sur 24.

Stan Lutz s'est montré beaucoup plus disert sur les occupations de Mute une fois celui-ci parti. Il nous a confirmé que Mute avait l'intention d'écrire ses mémoires, ou plus exactement un recueil de souvenirs sur ses précédentes missions sur la Lune et sur Mars, cela bien que les psychologues de l'Agence l'eussent mis en garde contre le danger de dresser prématurément un bilan de sa carrière. Les mêmes psychologues sont nettement plus favorables aux projets d'exercice physique de Mute, l'entraînement constituant à leurs yeux un puissant facteur de stabilité psychologique.

Stan Lutz a également insisté sur les efforts que fera l'Agence pour maintenir le contact avec Ganymède 25. Mute recevra ses programmes de radio et de télévision favoris. Il pourra, à sa demande, avoir des conversations avec sa sœur ou avec ses amis. Enfin, une ligne sera ouverte 24 heures sur 24 entre Ganymède et la Terre. Mute pourra ainsi discuter toute la journée avec un correspondant de l'Agence. Reste à savoir s'il en aura envie.

*

DES MÉMOIRES EN OR

L'achat des droits des mémoires qu'a promis d'écrire Jim Mute pendant son voyage a donné lieu le mois dernier à une belle empoignade. Schuster & Schuster a longtemps tenu la corde. L'éditeur new-yorkais proposait 14 millions de dollars, plus 10 % des ventes. Une jolie somme pour quelqu'un qui n'a jamais publié.

Mais l'offre du groupe multimédia KZB semblait plus intéressante encore. Le consortium sino-néerlandais se disait prêt à tourner une série télévisée ainsi qu'un programme de cinéma interactif. L'ensemble des droits devait générer près de 40 millions de dollars, selon les estimations de KZB. De quoi mettre à l'abri du besoin Emily Matthewson, la sœur et héritière directe de Jim Mute.

C'est finalement l'Agence qui a emporté la décision, par le biais de sa filiale STC Publishing. Les rumeurs les plus contradictoires circulent sur le montant de la transaction, gardé secret d'un commun accord entre les parties. Selon *Newsweek*, la somme approcherait les 100 millions de dollars, montant que les analystes ne jugent pas excessif au regard des chiffres de diffusion attendus.

La station de radio WKCY rapporte pour sa part les propos d'un officiel de l'Agence, selon lesquels Mute aurait fait don des droits à STC. « Il ne souhaitait pas faire d'argent avec le récit de sa vie. C'est tout à son honneur », aurait déclaré l'officiel. Wall Street a en tout cas salué l'information par une hausse du titre STC de 3 $ à 26,5 $.

*

EXTRAIT DU DISCOURS
DU PRÉSIDENT
SAMUEL E. FREDRIKSON
LORS DU DÉPART
DE GANYMÈDE 25
LE 26 MAI 2059

« Jim Mute, j'ai l'honneur de vous élever solennellement dans l'ordre des Pionniers de l'Espace. [...] Jamais peut-être distinction n'aura été à ce point méritée. Elle exprime l'admiration et la reconnaissance que vous devra éternellement le peuple américain. Vous aviez déjà fait sa fierté en étant le premier homme sur Mars, nous ne doutons pas que vous connaîtrez une égale réussite dans votre voyage vers Jupiter. Go Ganymède ! Et que Dieu vous bénisse ! »

*

UN AN DÉJÀ

SIDNEY LE MARRE

Vice-président de « Go Ganymède ! »

En ponctuant le discours qu'il prononça pour le départ de Jim Mute par la devise de notre association, le président Fredrikson a donné la mesure du succès de « Go Ganymède ! ». Son enthousiasme, manifeste au ton lyrique qu'il imprima à certaines strophes, reflète la ferveur qui anime les 350 000 citoyens du monde que comptent déjà les rangs de « Go Ganymède ! ».

Il y a un an tout juste, nous vous invitions à nous rejoindre. Nous ne vous proposions d'autre but que de signifier à Jim Mute notre gratitude et notre soutien. Cet objectif désintéressé a suscité de votre part une formidable réponse. 60 000 lettres nous parvinrent dans les trois jours qui suivirent la parution de notre appel. Vous étiez nombreux à nous demander comment créer une antenne locale. Les États du Texas, du Connecticut et du Maine furent les premiers à se doter d'un bureau. Dans la foulée, suivirent la Californie, l'Oregon, la Pennsylvanie et l'Oklahoma. En deux mois à peine, tout le territoire américain était couvert.

Mais la popularité de Jim Mute dépasse les frontières. À Londres, Berlin, Sydney ou Paris, des particuliers ont exprimé le souhait d'adhérer à « Go Ganymède ! ». Aujourd'hui, notre message d'amitié et d'espoir est relayé dans 38 pays dont la Chine. Il s'agit à présent de gérer cette réussite en réaffirmant les missions de notre association.

Nos rencontres mensuelles attirent un public de plus en plus nombreux. Ainsi, notre invité du mois de mai, le professeur Simon Doppelheiger, s'est expliqué devant 2 500 personnes sur son article très controversé paru dans le premier numéro de cette lettre.

Comme nous vous le laissions entendre, les cent premiers adhérents de l'association ont assisté au départ de Jim Mute depuis Cap-Canaveral. Tous les membres, sans exception, peuvent participer à une visite guidée des installations de l'Agence, le premier samedi de chaque mois.

Pour réserver votre place, pour demander les statuts de l'association, pour obtenir le programme des prochaines conférences ou l'adresse du bureau le plus proche, un seul numéro : 1-800-GANYMEDE. N'oubliez pas de vous munir du numéro d'adhérent qui figure sur votre carte. Continuez à vous engager et à prier pour Jim Mute. Enfin et surtout : Go Ganymède !

Troisième année
JUIN 2060

LA TRANCHE B A COMMENCÉ

ÉDITORIAL DE WALTER J. THOMPKINS
Président de l'association « Go Ganymède ! »

Le 4 juin, à 5 h 50 GMT Ganymède 25 s'est placé en orbite autour de Jupiter. « L'opération s'est déroulée comme prévu », a simplement commenté Jim Mute. Jusqu'à présent, toutes les alertes se sont brisées sur la préparation de l'Agence.

Ainsi la mission de Ganymède 25 se poursuit-elle, sans encombre, selon le programme défini par l'Agence. Stan Lutz ne se montrait guère surpris à l'annonce de la mise en orbite réussie de la capsule. « Nous préparons cette minute depuis dix ans, déclara-t-il. Elle a déjà eu lieu des centaines de fois dans les salles de simulation. Ganymède ne serait jamais parti si nous avions eu le moindre doute sur ses chances de succès. »

Ne comptons pas davantage sur Jim Mute pour nous donner des motifs d'inquiétude. La retranscription de ses conversations avec la Terre nous le montre profondément absorbé par sa mission, abattant une tâche phénoménale. De toute évidence, le doute ou la nostalgie n'ont pas leur place à bord de Ganymède.

C'est avec un peu de recul que nous apprécions vraiment le professionnalisme de l'Agence. Il est clair à présent que la situation la plus délicate, la moindre défaillance potentielle ont été envisagées, étudiées, résolues bien avant le départ. Le 6 février dernier, par exemple, le *San Francisco Chronicle* annonçait une collision entre Ganymède et l'objet YYA-441, un astéroïde de six kilomètres de diamètre. En fin de matinée, les navigateurs de l'Agence annonçaient que Ganymède s'était dérouté 24 heures plus tôt. Ils surveillaient YYA-441 depuis le début de l'année.

Rappelons-nous aussi la panique du soir de Noël, quand, pour la deuxième fois en moins d'une semaine, la communication fut coupée entre Ganymède et la Terre. 15 000 appels submergèrent nos opérateurs dans l'attente de la conférence de presse de Stan Lutz. Avec son flegme habituel, celui-ci annonça que la cause de la panne venait d'être identifiée. Deux courts-circuits avaient grillé la même pièce à une semaine d'intervalle. Heureusement, expliqua Lutz, Ganymède disposait encore d'une pièce de rechange. Il ne dit pas combien d'exemplaires de ce composant anodin avaient été embarqués.

Aucun membre de l'Agence n'est assez présomptueux pour penser que celle-ci pourrait faire face à n'importe quel incident. Pourtant, depuis un an, on a l'impression que l'Agence a réduit au minimum la part de la chance. Un signe en est qu'elle récuse le vocabulaire dont usait autrefois la Nasa : les termes d'« aventure » ou de « défi spatial » qui faisaient la part trop belle au hasard ont cédé la place à ceux de « mission », de « module ».

Tragique mais légendaire époque !

Des centaines d'astronautes donnèrent tantôt leur vie pour que Jim Mute connaisse un tel niveau de sécurité. Une époque nouvelle s'ouvre aujourd'hui, qui met fin à des décennies de tâtonnements. Personne ne s'en plaindra. Mais on peut regretter l'époque des Shepard, des Nin, des Hale, des escadrons de navettes qui s'envolaient pour la Lune, sans trousses de survie ni pièces de rechange. On peut regretter la fraîcheur des premiers vols chinois ou la morgue du colonel Zu, fauché en pleine gloire par une météorite. Tragique mais légendaire époque ! Instants cruels, pleins de flamboyance et de rêve !

Nous voulons croire que ces temps ne sont pas révolus. Parce que Ganymède 25 est un projet magnifique et ambitieux, il peut renouer à tout moment avec cette sublime épopée, dont le moindre épisode tenait en haleine la planète entière. La flamme de la conquête ne s'éteint jamais, qui brûle en chaque homme. Aujourd'hui, nous la distinguons à peine mais elle n'attend qu'un souffle pour repartir et crépiter de plus belle et ce souffle se dit : Go Ganymède !

*

LE SILENCE DES ÉTOILES

NATHANIEL KEMPER

Lycéen

Nous publions ici des extraits d'une lettre troublante, écrite par Nathaniel Kemper, 16 ans, membre de « Go Ganymède ! » et créateur de l'antenne de l'association à Tucumcari, New Mexico. Visiblement inspiré par le destin de Jim Mute, Nathaniel nous parle du temps, de l'espace et du silence.

Une année s'est écoulée depuis le départ de Jim Mute. Une année terrestre douloureuse et confuse, troublée par la montée des tensions nationalistes en Europe et par la scission de la troïka des dirigeants chinois. Une année dans l'espace placée sous le signe de la quiétude et de la beauté. Car, même si l'univers est le théâtre quotidien d'explosions formidables, même si à chaque instant des mondes se créent et d'autres s'effondrent sur eux-mêmes, tout cela se déroule en une universelle harmonie et dans un parfait silence, sous le regard blasé des dieux. [...]

C'est quand tombe la nuit que surgit devant moi l'image de l'astronaute. Je pense que dans l'espace, la nuit et le jour n'existent pas. L'obscurité règne en maître à bord de la capsule, des jours entiers, des semaines et des mois. Puis Ganymède sur sa route croise une étoile et un rayon de lumière déchire la pénombre. En quelques minutes, le verre des hublots se fume, l'intérieur est baigné d'une clarté d'abord douce, bientôt intense, presque aveuglante mais qui décroît enfin, aussi progressivement qu'elle est venue.

Le temps dans l'espace ne coule pas comme sur Terre. Des mots comme minute ou seconde n'y ont aucun sens. L'unité signifiante est l'année ; le mois déjà ressort de l'anecdote. Il peut ne rien arriver de toute une semaine, rien d'autre que la routine des exercices cent fois répétés, des interminables parties d'échecs contre l'ordinateur, de l'entretien du vaisseau et des trois repas par jour. [...]

Comment ne pas imaginer Ganymède 25, lancé comme un obus dans la nuit vers sa cible ronde et pleine ? Comment ne pas penser à Jim Mute, prisonnier de son destin, commandant illusoire d'une armée de fantômes ? Visions splendides, trajectoire Immobile. Théâtralité du voyage. Le tableau me semble parfois si beau que je me prends à croire qu'il est faux. [...]

Gardons-nous d'oublier Jim Mute. Si nous ne pouvons plus aller le chercher où il est, nous pouvons le garder vivant par la force de notre pensée. [...]

Jim Mute a toujours vécu dans le bruit. Comme nous, il ignore ce qu'est le silence. Plusieurs fois, au cœur de la nuit, alors qu'autour de lui les rumeurs se taisaient, il a cru s'en approcher. Une douce quiétude le gagnait. Mais comment aurait-il pu confondre ce repos, profond mais temporaire, avec la paix ineffable, définitive, qu'apporte le silence ? Le silence sur Terre n'existe pas. Les mots mêmes nous manquent pour le décrire. On l'appelle absence de bruit, comme on dit du blanc qu'il est le contraire du noir. Mais a-t-on déjà vu un aveugle se représenter le blanc à partir du noir qu'il a continuellement sous les yeux ?

Bientôt Mute entendra le silence. J'ignore s'il doit s'en réjouir mais je sais qu'il n'aura pas besoin de tendre l'oreille : le silence le trouvera où qu'il soit et quoi qu'il fasse. Le volume de la télévision qu'il aura poussé au maximum, la musique qu'il fera jouer à tue-tête ne lui seront d'aucun secours. Car il comprendra alors que le silence est le contraire d'une absence. C'est une matière plus dense que la plus dense des matières. C'est un voile qui enveloppe ses proies et se rit de la terreur qu'elle inspire. C'est une musique que l'on n'entend que dans l'espace, à bord de capsules qui filent dans la nuit, lancées vers des contrées dont elles ne reviendront pas.

Les territoires gagnés par le silence ne se reprennent pas. Céder une fois, c'est abdiquer pour toujours. Le silence l'a compris, qui s'attaque de préférence aux maillons les plus faibles, au détenu amaigri, au navigateur solitaire que ses pairs ont lâché dans l'espace. [...]

Parfois je tremble pour Jim Mute. Je crains qu'il ne devienne fou. Je crains qu'à vouloir couvrir le silence, il ne se mette à s'entretenir à voix basse de sujets futiles ou qu'il n'éclate brusquement d'un rire dément. Je crains que les parois de la capsule ne lui renvoient l'écho de sa folie naissante et que, de désespoir, il ne finisse par couper la communication qui le relie à la Terre.

*

L'HOMME FONCTIONNEL

Stephen Kerrey-Luan nous explique comment la tranche A de Ganymède 25 a révélé une dimension supplémentaire de l'homme : le fonctionnalisme.

Rectifions tout d'abord une idée reçue, celle qui voudrait que Jim Mute soit seul maître à bord de son vaisseau. Croire cela, c'est oublier les propos que Stan Lutz tenait il y a deux ans dans ces colonnes. « Théoriquement, le cerveau de Ganymède peut mener à bien la mission pour laquelle il a été conçu sans assistance humaine. Mais en deux ans, les risques de défaillance sont significatifs. La présence d'un homme entraîné à bord permet de les diviser par dix. » Peut-on dire plus clairement que Jim, s'il est utile, n'est en aucun cas nécessaire ? Il est un atout supplémentaire dans un projet qui n'en manque pas, mais il n'est pas le principal.

La tranche A a trompé les attentes du public.

Stan Lutz poursuivait : « Envoyer un équipage plus important n'aurait eu aucun sens scientifiquement parlant. » Il indiquait ainsi dans quel référentiel sont prises les décisions de l'Agence. Les considérations psychologiques, humaines, morales n'ont aucune valeur, à moins bien entendu qu'elles n'influent sur la conduite scientifique du projet. C'est de cette divergence entre le point de vue de l'Agence et l'opinion publique qu'ont pu naître certaines critiques sur la façon dont était traité le facteur humain dans Ganymède 25. L'Agence, qui perçut très vite ce décalage, tenta de réagir en communiquant sur les « intérêts supérieurs de la science ». C'est ainsi qu'il faut comprendre les propos de Mute. « Arrive un moment où les intérêts d'un astronaute et ceux de son employeur se rejoignent, puis se confondent. Alors la vie d'un homme devient un paramètre modélisable, en l'occurrence important, mais non essentiel. » En pur produit de l'Agence, Mute en connaît les impératifs et en accepte les servitudes.

Pour qui avait saisi l'enjeu de Ganymède 25, il était évident que le comportement de Jim Mute ne serait pas à la hauteur des attentes du public. Celui-ci espérait de l'imprévu, des initiatives, de l'héroïsme. Il doit se contenter de rapports désespérément plats, rédigés dans un style administratif. Les seuls à n'être pas déçus sont les sociologues. Ils assistent en effet à l'émergence d'une dimension supplémentaire de l'homme : le fonctionnalisme.

Dix heures de repos par jour.

C'est Donna Wolfe qui, au vu des échanges quotidiens entre Ganymède et la Terre, a fait remarquer la première que l'Agence traitait Jim Mute comme une machine. Chaque matin, elle lui transmet l'emploi du temps de la journée. Elle se limite à des instructions simples et précises, toujours délimitées par rapport au Temps du Vaisseau (TV). S'il n'a pas terminé dans les délais, Mute passe à une autre tâche. Soit il choisit d'achever la première sur sa période de repos (encore que cela ne soit pas recommandé), soit il demande qu'elle soit remise au lendemain.

Le temps de repos de Mute a été fixé à dix heures par jour terrestre, qui se décomposent en huit heures de sommeil et deux heures de temps libre. Mute aurait pour l'instant profité de cette plage horaire pour rédiger son recueil de souvenirs.

Parce qu'elle voit en Jim Mute une mécanique parfaite, l'Agence ne conçoit pas qu'il puisse flancher. Elle ne lui a pas demandé son appréciation de la situation quand il fallut réparer l'antenne de Ganymède. Les sept heures de l'opération ont pourtant été prises intégralement sur le sommeil de l'astronaute. Mais l'Agence sait encore mieux que Mute ce dont celui-ci est capable. Elle connaît ses limites, ne les dépasse jamais mais les éprouve continuellement.

La mutinerie improbable.

On peut s'interroger sur la capacité de Jim Mute à supporter très longtemps une situation qui fait une part si réduite à son libre arbitre. Bien sûr, Mute n'en est pas à sa première sortie. Il a déjà passé plusieurs années dans l'espace, sans avoir jamais ressenti la fameuse dépression du trentième jour[1] que craignent tant les dirigeants de l'Agence. Et pourtant, imaginons qu'un jour Mute en ait assez de se voir dicter sa conduite par la Terre, que tout à coup, sa condition de technicien de maintenance lui devienne insupportable : en un mot qu'il se soulève. Il s'agit d'une hypothèse que l'Agence n'envisage sans doute pas de gaieté de cœur, mais dont elle ne peut totalement méconnaître le risque. La situation serait sans issue, et ce pour deux raisons. Mute est seul à bord : l'Agence ne peut donc compter sur aucun soutien dans la place. Ganymède 25 est condamné à aller de l'avant : elle ne pourrait donc rappeler l'insoumis. Ces deux paramètres suffisent à renverser le rapport de forces, tacite mais réel, constamment présent entre l'Agence et ses hommes et qui a toujours fini par s'imposer dans les quelques conflits d'autorité de l'histoire des vols habités.

Nous n'en sommes heureusement pas là. Depuis un an qu'il est parti, Mute n'a jamais émis le moindre jugement sur les décisions de l'Agence. Celle-ci se félicite d'ailleurs de « l'harmonie remarquable » qui règne entre Ganymède et la Terre. Mais, comme le dit Donna Wolfe, « il y a un siècle, un auteur de

1. La majorité des astronautes qui ont passé une longue période dans l'espace avouent avoir souffert au moins une fois de la sensation d'abdiquer toute volonté. À les en croire, les programmes de l'Agence ne laissent pas la moindre marge de manœuvre aux équipages. Au bout de quelques semaines de ce régime (généralement un mois), les astronautes ont la désagréable impression d'être des instruments plus que des acteurs. La qualité de leur motivation et donc de leur travail s'en ressent inévitablement : c'est ce que les techniciens de l'Agence appellent entre eux la « dépression du trentième jour ».

science-fiction nommé Isaac Asimov se demandait si un robot programmé pour obéir pouvait, sans le vouloir, nuire à son maître. Le grand romancier qu'il était aurait goûté le sel de la période qui s'annonce ».

*

GANYMÈDE 64 DÉJÀ SUR LES RAILS ?

L'Agence n'a pas confirmé la rumeur selon laquelle le projet Ganymède 64 serait déjà à l'étude et pourrait être lancé d'ici à cinq ans. Selon nos informations pourtant, il s'inscrirait directement dans la continuité de Ganymède 25, pour commencer une exploration systématique des ressources du sous-sol de Jupiter. On ignore encore si le vol sera habité. Le porte-parole de l'Agence n'a pas fait non plus de commentaires sur la possibilité d'un sauvetage de Jim Mute.

« Go Ganymède ! » vous tiendra évidemment au courant des prochains développements de ce projet, qui pourrait se révéler plus ambitieux encore que le précédent.

*

L'AVENTURE CONTINUE !

SIDNEY LE MARRE

Vice-président de « Go Ganymède ! »

L'année dernière dans ces colonnes, nous nous émerveillions de l'accueil extraordinaire que recevait

« Go Ganymède ! ». Que dire aujourd'hui, alors que plus d'un million de personnes dans le monde ont déjà retiré leur carte de membre ? Nous nous félicitions de notre implantation dans 38 pays. Comment pouvions-nous imaginer que le Cachemire deviendrait la 121e nation à soutenir le projet Ganymède ? Le succès est là, massif, indiscutable. Il démontre une fois de plus, s'il en était encore besoin, que l'enthousiasme et la fraternité peuvent déplacer des montagnes.

Pour autant, l'équipe de « Go Ganymède ! » n'a pas été prise au dépourvu. L'association est devenue propriétaire du vingtième étage de la Peachtree Tower, grâce en partie au concours de la municipalité d'Atlanta. La capacité limitée des auditoriums ne permettant plus de faire face à l'affluence des conférences (plus de 18 000 inscriptions pour écouter Donna Wolfe le mois dernier !), nous avons passé un accord avec la chaîne câblée IVN. Désormais, celle-ci retransmettra en direct les conférences depuis ses studios de Houston. Les places sur le plateau seront tirées au sort.

« Go Ganymède ! » emploie 310 salariés, dont 250 opérateurs téléphoniques qui vous donnent à toute heure du jour et de la nuit les dernières informations sur le déroulement du programme. Vous êtes déjà près de 4 000 à appeler tous les matins à neuf heures pour écouter le rapport quotidien de Jim Mute lu par un comédien professionnel. 1-800-GANYMEDE vous offre d'autres services. Vous pouvez réserver votre place pour la visite guidée des installations de l'Agence. Vous pouvez également commander votre catalogue de vente par correspondance des souvenirs officiels de Ganymède 25 : plus de 200 pages d'idées cadeaux, aux couleurs de l'Agence et de l'association.

L'assemblée générale de l'association se tiendra au World Trade Center les 14, 15 et 16 septembre. Nous vous y attendons nombreux. Deux grands moments devraient éclipser le reste de l'ordre du jour : le projet d'une émission quotidienne sur les ondes du réseau WNHY et la projection des premières images de Jupiter enregistrées par Ganymède 25. L'espace d'un instant, nous pourrons tous nous prendre pour Jim Mute !

Quatrième année

JUIN 2061

GANYMÈDE 25
NE RÉPOND PLUS

ÉDITORIAL DE WALTER J. THOMPKINS

Président de l'association « Go Ganymède ! »

Le 9 avril, à 16 h 4 GMT, la liaison radio entre Ganymède 25 et la Terre a été interrompue. Jusqu'à présent, tous les efforts pour la rétablir ont été vains.

Tristesse, abattement, consternation, les mots nous manquent pour décrire notre sentiment à l'annonce de la terrible nouvelle. Comme vous tous, l'équipe de « Go Ganymède ! » voulut croire d'abord à une de ces alertes violentes mais rapidement maîtrisées, qui laissent en se retirant un soulagement proportionnel à la panique qu'elles ont suscitée. Las ! le communiqué de l'Agence, sec, précis, interdisait tout espoir : « À 16 h 4 GMT, la communication entre Ganymède 25 et la Terre a été interrompue. Les causes de la rupture, qui a été soudaine et inattendue, n'ont pu être déterminées. Compte tenu de la distance qui sépare la capsule de la Terre, un rétablissement de la liaison semble peu probable. »

Quel événement inexplicable a pu mettre fin si brutalement à un contact qui n'avait été rompu que quelques heures en vingt-trois mois ? Au rang des causes possibles, les astronomes de l'Agence évoquent la violente activité météorique qui règne en ce moment autour de Jupiter. Ils précisent toutefois qu'avec une intensité de 9,3 sur l'échelle ouverte de Magnuss, le phénomène n'a rien d'exceptionnel. Les mêmes spécialistes excluent catégoriquement l'hypothèse, pourtant relayée par la chaîne CBS, d'une anomalie magnétique majeure.

Cette catastrophe survient moins d'une semaine après la fin de la tranche B. Ganymède 25 collectait ses dernières données et Jim Mute se déclarait prêt à entamer la tranche C, celle de l'après-mission. Les premiers examens louaient la qualité des observations recueillies. Aujourd'hui, et alors même que l'Agence vient de dévoiler les détails de Ganymède 64, on peut craindre que la disparition de Mute ne donne un coup de frein au programme spatial. Le président Fredrikson a, dit-on, été très affecté par la nouvelle. Il envisagerait de suspendre *sine die* toute opération dans l'espace.

Dans cette tragédie — la première peut-être à frapper toute l'humanité, sans distinction de race et de religion, nos premières pensées vont à Jim Mute, un Mute dont la solitude en cet instant nous serre le cœur. Car quelque chose nous dit que Mute n'est pas mort, que toute la pierraille du cosmos n'a pu avoir raison de ce géant. Le 1er juillet prochain, l'association « Go Ganymède ! » lui décernera le titre de Pionnier de la Nouvelle Frontière (en hommage au président Kennedy, involontaire parrain de notre association). Ce témoignage dérisoire s'accorde sans doute mal avec la gravité de l'instant mais il nous fut réclamé par des milliers de membres de « Go Ganymède ! » et il nous a semblé qu'un tel élan devait être écouté, fût-il empreint d'une indicible nostalgie.

Quel avenir attend « Go Ganymède ! » ? C'est un débat que nous n'avons pas le cœur d'ouvrir aujourd'hui. Les membres en décideront dans quelques semaines, lors de la quatrième assemblée générale de l'association. Mais vous noterez d'ores et déjà que ce numéro ne ressemble pas aux précédents. Nous avons choisi de donner la parole à ceux qui avaient pris la véritable mesure de Jim Mute et de son aventure. Simon Doppelheiger, le premier, révéla la nature étrange du lien qui unissait Mute à la Terre. Donna Wolfe, elle, pressentait dans ces colonnes les dangers de la solitude. Quant au jeune Nathaniel Kemper, sa lettre publiée l'an dernier révélait une compréhension si profonde et si intime du destin de Mute que nous lui avons demandé d'imaginer ce qui avait pu se passer à bord de Ganymède 25, ce funeste 9 avril. Sa réponse vous étonnera, mais comme le disait Nathaniel dans la lettre qui accompagnait son texte, « qui pourra jamais dire la part du réel et celle de la légende ? Nous pouvons débattre, argumenter et nous contredire : dans l'espace, le silence finit toujours par recouvrir les mots ».

*

L'AVOCAT DU DIABLE

Dans un précédent numéro, Simon Doppelheiger exposait les principes de la « société sacrificielle ». Aujourd'hui, il se fait l'avocat du diable pour expliquer à Ann Marrow pourquoi la disparition de Jim Mute est la meilleure chose qui pouvait arriver au programme Ganymède. Cynique.

A.M. : *Pouvez-vous nous rappeler votre position sur le programme Ganymède 25 en général et sur la sélection de Jim Mute en particulier ?*

S. D. : Toutes les sociétés se construisent autour de rites sacrificiels : les Incas immolaient des innocents à la gloire du Soleil, l'Amérique s'est établie sur les dépouilles du peuple indien, etc. Ganymède 25 n'est que la énième mise en scène d'un scénario millénaire. L'idée sous-jacente en est que la mort de quelques-uns donne plus de prix à la vie de tous. Ainsi, la mort de Mute, loin d'atténuer le prestige de Ganymède 25, lui a conféré ses lettres de noblesse. Et l'aura qui entoura Jim Mute dès l'annonce de sa sélection s'apparentait plus à la douloureuse notoriété des victimes de l'histoire qu'au panache des découvreurs.

A. M. : *Selon vous, l'intérêt de Ganymède 25 ne justifiait pas la mort d'un homme ?*

S.D. : Votre question en contient deux bien distinctes. Que peut-on légitimement attendre de Ganymède 25 ? Le progrès peut-il justifier — je n'ose dire excuser — la mort d'un être humain ?

Je suis incapable de mesurer la portée scientifique du programme. Peut-être, comme le proclame l'Agence, les découvertes faites sur Jupiter permettront-elles de soulager la misère terrestre. Mais peut-être les dirigeants de l'Agence ont-ils simplement voulu satisfaire leur curiosité intellectuelle en lançant un programme dont les applications ne seront ni immédiates ni évidentes.

Quant à la deuxième question, personne ne peut y répondre de façon définitive. Elle touche à trop de convictions religieuses, éthiques, politiques. J'ai mon opinion en tant qu'individu mais elle a autant de poids que celle de n'importe qui. Je me contenterai de rappeler cette épigramme d'un humoriste anglais du XIXe siècle : « Une chose n'est pas nécessairement vraie parce qu'un homme meurt pour elle. »

A. M. : *Comment avez-vous perçu la relation entre Ganymède et la Terre au cours des deux dernières années ?*

S. D. : L'intérêt de la Terre s'est émoussé. La couverture des médias s'est peu à peu réduite ; le nombre des membres de votre association s'est stabilisé. Deux ans, c'est une durée très longue pour tenir le public en haleine. L'enthousiasme des premières semaines n'a pas résisté à la monotonie des communiqués de l'Agence. Mais il n'était pas complètement éteint pour autant. La preuve, il a suffi d'une étincelle pour qu'il s'embrase à nouveau. C'est ainsi, le règne des médias conduit à une valorisation hyperbolique des épisodes dramatiques au détriment du quotidien, plus ingrat mais souvent plus fécond.

A. M. : *Vous avez eu des mots assez durs sur la réaction du public à l'annonce de la nouvelle...*

S.D. : L'issue du programme n'a jamais fait de doute pour personne. Il y a une certaine hypocrisie à s'émouvoir de la brutalité du destin de Jim Mute. Mute était condamné depuis trois ans : si l'on estimait que cette condamnation était inacceptable, il fallait le dire plus tôt, quand il était encore temps de s'y opposer.

En fait, la rupture de la liaison avec Ganymède réveille la mauvaise conscience de la Terre. Nous aurions tous préféré que Mute continue à vivre très longtemps, en adressant de loin en loin à l'Agence un rapport sans histoires. Mais, au bout du compte, le programme devait bien se terminer un jour. À mon avis, la disparition de Mute est ce qui pouvait arriver de mieux, à la fois pour l'Agence et pour l'Amérique. Il y a deux raisons à cela.

D'abord, elle intervient à un moment particulièrement opportun. Le volet principal de la mission venait de se terminer avec la conclusion de la tranche B. La tranche C qui commençait aurait inévitablement déclenché les remords de la Terre. Au lieu de cela, elle s'arrête au bout de quatre jours, avec un étrange à-propos.

A. M. : *Quelle est l'autre raison ?*

S. D. : La liaison a été coupée mais rien ne permet de dire que Mute est mort. C'est une nuance essentielle. Les gens garderont de lui l'image d'un héros terrassé au sommet de sa gloire. Imaginez que sa raison ait subitement vacillé ou qu'il ait décidé de saborder la capsule. Quel choc ç'aurait été pour la Terre !

Les choses sont tellement plus simples à présent. Pour nous, Jim Mute ne mourra jamais : l'Agence n'aurait pu rêver d'un dénouement plus heureux...

A. M. : *Justement, certaines voix se sont élevées pour suggérer que l'Agence avait pu couper elle-même la liaison. Qu'en pensez-vous ?*

S. D. : Comme beaucoup d'observateurs, je suis frappé par le timing presque parfait des événements. Que la liaison soit rompue quatre jours à peine après la fin de la mission me semble une coïncidence servant trop les intérêts de l'Agence pour être le fait du hasard. On a dit que Stan Lutz craignait beaucoup de ne pas savoir gérer cette fameuse tranche C. Il est vrai que l'Agence avait tout à y perdre et rien à y gagner. Mais je me refuse à croire que quelqu'un ait pu prendre la décision de priver un homme du seul contact qui lui restait. L'Agence a la réputation de ne pas s'embarrasser de sentiments mais, en l'occurrence, on frôlerait la barbarie.

A. M : *Un de nos lecteurs, Nathaniel Kemper, pense que Mute, lassé de ses rapports avec la Terre, a pu volontairement y mettre fin...*

S. D. : C'est une hypothèse intéressante mais que je considère comme purement spéculative. Pour ma part, je pense que si Mute a vraiment coupé le contact avec la Terre, il l'a fait pour un autre motif, justement pour ne pas mettre ses concitoyens en position d'avoir des remords.

A. M. : *Quelles leçons faut-il retenir de Ganymède 25, alors que Ganymède 64 va commencer prochainement ?*

S. D. : Il y en aurait beaucoup mais je ne suis pas

certain que nous ayons envie de les entendre. Voyez comme nous sommes versatiles : nous nous disons choqués par la disparition de Mute mais nous acclamons déjà le nouveau programme de l'Agence. On nous promettait des avancées décisives grâce aux informations recueillies par Mute ; aujourd'hui, personne ne peut dire quand et comment débutera l'exploitation des ressources de Jupiter. L'histoire se répète. Les leçons du passé n'intéressent personne, sinon quelques historiens dont les mises en garde sont couvertes par le babillage des chroniqueurs. Il est probable que l'Agence va nous garantir la vie sauve du passager de Ganymède 64. Elle a bien compris que c'était la condition pour qu'on lui laisse les mains libres. Puis quand la mission sera terminée, elle expliquera qu'une défaillance du système de navigation rend impossible le sauvetage du pilote. Elle trompera la frustration du public en lui présentant un nouveau projet, encore plus séduisant...

A. M. : *Quel cynisme !*

S. D. : Pensez-vous ! C'est un manège qui tourne depuis des siècles. On peut le déplorer mais il vaut mieux s'en accommoder. L'équilibre de la cité est sans doute à ce prix...

*

LE LABYRINTHE DES SOUVENIRS

DONNA WOLFE
Ph. D., professeur de psychologie
à l'Université d'Ann Arbor

Il y a deux ans, Donna Wolfe expliquait que deux points seulement empêchaient que la solitude de Jim Mute soit totale. Il était relié à la Terre et l'on pouvait encore croire à sa récupération. Les circonstances ont balayé ces deux facteurs : la solitude de Mute ne fait que commencer.

Nous sommes quelques-uns à penser que Jim Mute avait conscience de ce qui l'attendait. Ce 26 mai 2059, quand il tira derrière lui la porte de Ganymède 25, il pensa sans doute que les deux années à venir n'étaient que les préliminaires d'une période beaucoup plus longue, où les secondes s'écouleraient infiniment lentement, où le temps parfois lui semblerait immobile. Il dut songer alors qu'il venait de passer la frontière de l'inhumanité.

Pourtant, deux fils ténus le rattachaient encore à nous : une liaison radio, pinceau d'ondes entre deux coupes de métal, et la perspective officielle, quoique improbable, d'un sauvetage à plus ou moins brève échéance. Deux ans plus tard, il nous faut déchanter. Le pinceau d'ondes, ne trouvant plus nulle coupole où se décharger, trace une ligne imaginaire par-delà les étoiles. Un jour peut-être, une météorite nous en renverra l'écho, conforme et désespérant. Les projets de sauvetage sont tombés dans l'oubli, l'Agence refusant d'engager des moyens tant qu'elle n'aura pas la certitude que Mute est vivant. Ainsi Mute réunit aujourd'hui les conditions de la solitude. Sa situation est irrémédiable et définitive, sa liberté d'action réduite à celle de se donner la mort.

Un voyage dans l'espace est pour un astronaute une étape décisive dans sa quête de Dieu. Il peut s'en éloigner par dépit de ne pas l'avoir rencontré, ou s'en rapprocher par conscience de la nécessité d'un principe créateur mais, dans tous les cas, il s'interroge. Dans son autobiographie, Luke Conway écrit : « Je ne croyais pas en Dieu avant la mission [Phébé 4] mais, à vrai dire, je ne m'étais jamais posé sérieusement la question. C'est en tournant autour de Mercure que j'ai ressenti le besoin de mettre les choses à plat. Devant la beauté de Mercure et de ses tempêtes de soufre, il m'a semblé que je ne pouvais plus continuer à esquiver le problème. » Mute est croyant, membre de l'Église baptiste. Il déclarait avant le départ que Dieu l'aiderait à supporter ses moments de doute, comme il l'avait déjà aidé dans ses missions précédentes. Les convictions de Mute sont sans doute profondes mais il est à craindre qu'elles ne résistent pas à l'épreuve conjuguée de l'espace et du temps. Peut-être en a-t-il déjà éprouvé les limites. Peut-être est-il en train de reconstruire sa foi, pierre après pierre, dans la vérité de sa capsule.

En épluchant les rapports de Ganymède, le psychologue Walter Solomon a découvert que les occupations de Mute se ramenaient à sept fonctions essentielles : dormir, manger, s'entretenir, se reposer, contrôler, réparer, reporter. Il oublie une huitième occupation, plus cruciale encore que les précédentes : la réflexion. Les mains sont occupées à relever une position ou à resserrer un boulon mais la pensée est libre d'aller, de venir, de se perdre et de se retrouver. Elle est comme un muscle que stimulerait la réclusion. Un auteur autrichien du XXe siècle raconta l'histoire d'un homme privé de liberté qui continuait de jouer aux échecs dans sa cellule, sans échiquiers ni pions, par la seule force de la représentation. On cite également le cas d'un golfeur amateur, retenu en otage pendant plusieurs années, qui, chaque jour de sa détention, joua un parcours entier dans sa tête. Plus tard, en recouvrant la liberté, il constata d'incroyables progrès, que seules permettaient d'expliquer ces heures interminables d'entraînement virtuel. Ses muscles s'étaient atrophiés et ses jambes le portaient à peine mais, au moment de choisir son club et de frapper la balle, il passait en revue les milliers de coups comparables qu'il avait déjà joués en pensée. Bien que piètre technicien, il s'appuyait sur une expérience faramineuse.

Mute ne manque pas de sujets de réflexion. Il partage avec les prisonniers du monde entier des rêves d'évasion, de liberté. Sans doute tente-t-il de se représenter ce qu'aurait été sa vie sur Terre s'il ne s'était pas porté volontaire : un poste de commandement, un étourdissement de visages, une retraite paisible organisée entre la Californie et le Texas. Telle description d'un roman lui rappelle le paysage qu'il découvrait en sortant de Barstow au volant de sa vieille Pontiac bleue. Tel récit d'adolescence lui rappelle qu'enfant il faisait fondre des marshmallows sur le grill et qu'il les tartinait sur des biscuits salés. Ce sont les souvenirs les plus simples qui l'émeuvent le plus. Qu'il tire un fil et toute la pelote vient avec.

Il avait emporté toutes sortes d'ouvrages : des fictions, mais aussi des biographies, des essais, des traités d'histoire et de politique. Quelques jours avant la coupure de la ligne, il venait d'achever *Les Aventures de Tom Sawyer.* Il expliquait ne plus vouloir lire que des romans, constatant simplement que les essais l'ennuyaient. Au ton de sa voix, on le sentait surpris de ne pas s'en être rendu compte plus tôt.

Les pensées de Mute prennent d'autres directions. La fatalité de son destin le fascine. Il commence à peine à réaliser que son histoire est inscrite dans 26 mètres carrés. Que les jours qui passent ne peuvent rien apporter qu'il ne sache déjà. Qu'aucune force ne saurait modifier la trajectoire de Ganymède, qui tournera encore autour de Jupiter des siècles après sa mort.

Je doute que Mute ait achevé ses mémoires. Relater ses exploits, raconter des anecdotes, tout cela a dû lui paraître d'une immense vanité. La certitude de l'avenir pétrifie jusqu'aux heures bénies du passé. Il avait pourtant envoyé les quatre premiers chapitres après quelques mois. Mais depuis, plus rien. Il ignorait les questions de plus en plus pressantes que lui posait l'Agence, soucieuse des droits versés et aujourd'hui perdus.

Selon toute probabilité, Mute vit désormais dans un univers virtuel. Il ne bouge plus : pourquoi le ferait-il puisque aucun de ses gestes ne peut modifier le cours des choses ? Il a renoncé à s'occuper de

Ganymède : la capsule obéit à présent aux seules lois de la balistique, gros caillou gainé de titane. Il pense. Son esprit est comme un labyrinthe, dans lequel il avance sans penser au retour et dont les allées sont peuplées de fantômes. Il reconnaît la jeune femme qui l'a embrassé à la porte de la capsule en lui souhaitant bon voyage. Il reconnaît Stan Lutz, Robert Donnell, dit BobbyDo, Sishamee, dit l'Indien, et tous les gars de l'Agence. Il reconnaît le vieux Hoggatt et sa patte folle, Churchman son prof de quantique et le doyen Blumberg. Plus loin, il aperçoit Emily, jeune fille maigrelette, mal à l'aise dans son bustier jaune de majorette. Elle le dévisage longuement et articule enfin son prénom. Plus loin encore, il échange trois mots avec Ricky Lee, son copain première base dans l'équipe des Yankee Noodles. Il surprend sa mère en train de se maquiller devant un miroir éblouissant. Elle porte cette robe perle qu'elle coupa dans les années vingt et qui défia toutes les modes. Il passe au travers de ses bras grands ouverts. Il se souvient qu'en bifurquant toujours à gauche, il arrivera au centre du labyrinthe où l'attend le repos.

*

CE 9 AVRIL 2061...

NATHANIEL KEMPER

Lycéen

Nous ne saurons probablement jamais ce qui est arrivé à Jim Mute le 9 avril 2061. Plutôt que d'ajou-

ter à la spéculation, nous avons demandé à Nathaniel Kemper de nous faire revivre les derniers jours de Jim Mute. Nathaniel, dont le témoignage paru l'an dernier dans ces colonnes nous avait valu un courrier enthousiaste et admiratif, raconte la fascination de Mute pour le vide.

Tout le mal vint de ce que les mots l'épuisaient. Depuis quelques semaines déjà, les derniers bruits qui régnaient encore à bord de Ganymède lui étaient devenus insupportables. Il tournait les pages des livres avec d'infinies précautions et marchait pieds nus pour ne plus entendre le son feutré de ses pas sur le sol. Il avait réduit ses rations alimentaires afin d'éviter le craquement du plastique quand il ouvrait les barquettes de nourriture conditionnée. Car, dans le néant de la capsule, les sons n'étaient plus les mêmes. Ils étaient sans substance, désincarnés, vides eux-mêmes et lorsqu'ils osaient déchirer le voile qui recouvrait Ganymède, ils claquaient de façon mate et métallique d'abord puis se propageaient à une vitesse vertigineuse jusqu'à envahir totalement le vaisseau. Ils résonnaient alors à l'infini, se coupant et se chevauchant les uns les autres, puis s'éteignaient brutalement, laissant Mute épuisé par cette sarabande infernale.

La transformation de Ganymède 25 en cercueil suivit une ligne idéale mais connut quelques étapes. Le 4 juin 2060 vers six heures du matin, Mute célébra la mise en orbite de Ganymède en supprimant le signal sonore qui accompagnait toutes les fonctions de l'ordinateur de bord. Il préférait jeter un coup d'œil de loin en loin sur les écrans de contrôle plutôt que de le supporter plus longtemps. Il coupa aussi le son du poste de télévision. Depuis quelques mois déjà, il ne regardait plus l'écran mais seulement les ombres glauques qui s'allongeaient sur les murs, invités fantomatiques, simulacres de compagnie.

Ce 9 avril 2061 enfin, quelques minutes après 16 heures, il rompit le dernier contact qui le reliait à la Terre. Je crois que la faute en fut au rire de l'aspirant Perry Hawker qui creva le silence de Ganymède alors que Mute scrutait les étoiles et entendait n'être pas dérangé. Les plaisanteries de la Terre, jeux de mots anodins, ironiques commentaires, étaient comme des bombes à retardement qui explosaient trois quarts d'heure après avoir été lancées.

L'agacèrent de même les tentatives de Ganymède pour attirer son attention sur l'urgence de la réparation à effectuer. Le cerveau du bord n'avait-il pas compris que la rupture de la liaison était irréversible ? C'est en tout cas ce qu'il lui expliqua, dans un louable souci d'information, avant de le débrancher à son tour.

Puis il se posta devant le hublot principal. Tandis que Ganymède 25 avalait les kilomètres sans effort, il laissait ses yeux errer dans le vague. Il n'avait jamais été grand amateur de paysages stellaires, contrairement à certains de ses collègues qui pouvaient en faire des descriptions enflammées. Longtemps pour lui, tous les panoramas se fondirent en une sorte d'obscurité impalpable parsemée de points brillants. Il se demanda comment il avait pu être aveugle si longtemps.

Au premier abord, l'espace présente constamment le même visage, avenues interminables balisées d'étoiles, couverture noire trouée de fulgurances. Et pourtant, Mute avait l'impression d'avoir sous les yeux un spectacle en perpétuel changement. Cette sensation ne s'altéra pas après qu'il eut accompli un tour complet de Jupiter. Au contraire, il s'émerveillait de ne rien reconnaître de son précédent passage. Il tenta vainement de prendre des points de repère. Où était-il cet amas laiteux dans la constellation du Cocher, qui esquissait la forme parfaite du zéro ? Et qu'était devenue cette lointaine nébuleuse, dont les grains s'éparpillaient comme poussière d'argent sur le velours ?

Parfois, le sommeil le surprenait après quinze heures de veille durant lesquelles il n'avait pas quitté son poste. Il avait alors quelques minutes de lucidité totale. En glissant dans sa nuit, il comprenait soudain le sens d'un univers sans limites, mais quand il s'éveillait, les mots lui manquaient pour expliquer son rêve. Il ne se levait même plus pour aller se nourrir. Qu'allait-il risquer de choquer ses couverts pour vomir aussitôt les quelques aliments qu'il réussirait à avaler ? Plus d'eau non plus. La perspective du liquide tiède sur ses lèvres, emplissant sa bouche puis glissant lentement dans sa gorge lui soulevait le cœur.

Un jour, les yeux rivés sur le noir sidéral, il lui arriva ceci. Il sentit l'univers le submerger, son niveau de conscience monter, monter comme l'étiage d'un torrent de printemps. Lui qui tirait ses connaissances des manuels et des simulations de l'Agence, l'espace d'un instant il éprouva le monde. Il reçut en même temps le scintillement des étoiles et les pierres dressées de Monument Valley, le silence de Ganymède et le déchaînement des *rios* au fond des canyons. Il n'aurait su dire s'il se remplissait ou se vidait, mais il comprit une chose : que l'expérience était trop forte et qu'il n'y survivrait pas. De ce jour, il fut hors de portée pour ses commentateurs. Une seconde, si près de moi ; et la suivante, insaisissable.

Son existence lui parut soudain constituée de péripéties sans importance. Il comprit que d'acteur, il était en train de devenir spectateur et se demanda ce qu'il avait cherché au cours de toutes ces années qu'il ne pouvait trouver au fond de lui.

De plus en plus lentement, les jours se succédaient. Pas un geste en quarante-huit heures qui aurait pu faire croire à un observateur que l'homme qu'il avait devant lui n'était pas mort. Ses yeux étaient semblables à deux miroirs opaques, les paupières ne battaient plus. Son teint avait pris la pâleur des cadavres, ses lèvres bleuissaient peu à peu, comme s'il les avait mordues doucement. Sa poitrine se soulevait imperceptiblement, une ou deux fois dans la minute, chaque fois qu'un mince filet d'air se frayait un chemin entre ses dents.

Au matin du troisième jour, Mute sentit qu'il approchait de la fin. Ses forces ne le soutiendraient plus longtemps, quinze heures, peut-être vingt et puis ce serait la plongée vers l'inconnu, vers le néant qui lui tendait les bras depuis deux longues années. Une question d'heures avant de trouver la paix éternelle. L'infini.

Il rassembla ce qui lui restait d'énergie pour glisser

de son siège. Le bruit sourd qu'il fit en tombant sur le sol le fit souffrir au-delà de toute expression. Mais peu importait à présent, puisqu'il comptait ramper jusqu'à la porte. Il eut un moment de terreur quand il s'aperçut qu'il glissait sur le revêtement synthétique et qu'il risquait de ne jamais atteindre son dernier objectif. Étendu à plat ventre, écartelé sur le plastique, il lançait brutalement ses jambes vers le but. En vain. Elles ne réussissaient qu'à soulever la poussière en nuages légers qu'il aspirait malgré lui. Il n'eut pas plus de succès avec ses déhanchements. Des mèches de ses cheveux trop longs, collées par la sueur, lui tombaient dans les yeux.

Il se voyait cloué au centre de la capsule quand il découvrit qu'il pouvait planter ses ongles dans les rainures qui séparaient les dalles en plastique. Il avança plus vite alors, cassant tour à tour ses dix ongles et sentant les crampes lui garrotter les bras.

Il dut se mettre sur les genoux pour atteindre la commande d'ouverture du sas intérieur. Le sas faisait quatre-vingts centimètres de côté. Parfaitement nu, il était comme un avant-goût du vide qui l'attendait de l'autre côté. Mute dut se recroqueviller pour refermer la porte, coudes au corps et cuisses sous la poitrine, dans la position du plongeur. Il pensa à ces cartouches en plastique que les enfants chargent dans leurs pistolets en comprimant un ressort. Il songea avec soulagement qu'il n'aurait pas à pousser la porte du sas extérieur, qu'il jaillirait du sas sans un bruit, comme la cartouche d'un revolver de gosse.

Les choses se passèrent comme il l'avait prévu. Sa

main s'était à peine écrasée sur la poignée de la porte qu'il bascula dans l'espace, tête en avant.

Je pense à lui souvent : il tombe et flotte à la fois, dans un silence parfait, vers les bords de l'univers, emportant avec lui ces rêves et ces illusions qu'aucun discours ne ressuscitera jamais.

LE DOSSIER KRYBOLSKI

Krybolski, Igor (né à Omsk en 1947, mort à Gentilly en 1990) : joueur de quilles soviétique, naturalisé français en 1970. Champion du monde individuel en 1965, 1967, 1969, 1971, 1973, 1975. Champion du monde par équipe en 1975 avec la France.

(*Petit Robert*, édition 1991, p. 643.)

*

EXTRAITS DU JOURNAL DE FIODOR SADAROV

12 juin : Que veux-tu nous dire Igor ? Voilà six mois qu'inlassablement je te cherche et toujours tu te dérobes. Au bas d'une page, au détour d'un paragraphe, je crois te trouver mais bientôt je déchante : les lignes qui dansent sous mes yeux composent de désespérantes sentences qui me renvoient à mes éternelles interrogations. Tu m'échappes encore, tu te

caches derrière les mots, tu enfouis leur sens sous des amas de coques vides.

Faut-il que tu aies peur, Igor, pour te dissimuler ainsi ! Comme tu as dû souffrir pour te travestir de la sorte ! Mais pourquoi fuir devant nous ? Devant moi, Igor, qui ne te déchiffre qu'en tremblant ? Suis-je donc indigne moi aussi de recueillir ta pensée et d'en être le servile dépositaire ?

Je vois bien que tu nous méprises, Igor. Tu préfères ne rien dire plutôt que d'affronter nos interprétations sacrilèges. Et pourtant, il me semble que je te comprendrais si bien. Pour toi, je débrouillerais l'écheveau le plus emmêlé, je pénétrerais les abstractions les plus hautes, au chaos lui-même je donnerais un sens. Permets-moi seulement d'essayer...

*

Omsk. La grisaille. La poussière âcre qui brûle la gorge. La fumée qui pique les yeux et masque le soleil. Les hauts fourneaux qui hérissent le ciel. La grisaille toujours. Parfois un brin d'herbe se montre au coin d'un pavé mal scellé. Toutes les fuligineuses vapeurs de l'industrie lourde ne pourront en triompher : il continuera de ployer sous le vent et d'onduler sous la lune quand s'allumeront les premières étoiles. La vie à Omsk est à l'image de ce brin d'herbe que rien ne décourage : miraculeuse.

(Anonyme, *Itinéraire d'un voyageur*, p. 205.)

*

Les premières années de la succession stalinienne furent marquées par l'action hautement subversive de factions sanguinaires. La bande à Popov, le clan des Razolski, les groupuscules insoumis de dissidents polonais contribuèrent puissamment à l'instauration d'un climat de déliquescence sécuritaire. Comparé à ces redoutables individus, Vladimir Krybolski ferait presque figure de citoyen inoffensif. Il cumulait en effet l'ensemble des attributs de la classe ouvrière de cette décennie que d'aucuns baptisèrent, dans un raccourci générique mais un peu hâtif, les années de plomb. Quoi de plus convenu qu'un militant anarchiste dans une Russie dévastée par les horreurs de la guerre ? de plus banal qu'un mineur à la face rougeaude et aux yeux lavés par la vodka dans les paysages de complexes industriels de Omsk ?

C'est pourtant à son apparence anodine que Vladimir Krybolski dut de survivre aux purges staliniennes de sinistre mémoire. Mais, comme enorgueilli d'avoir impunément bravé le régime là où tant d'autres furent déportés, soumis à la question et finalement exécutés, il multiplia les saillies imprudentes, exhorta au soulèvement tout ce qu'Omsk comptait de travailleurs et fut dénoncé par son chef d'équipe (l'intrigant Blassov qui se fit une spécialité de la délation et fut promu dans l'Ordre des Héros du Travail. Les rouages du double jeu de Blassov furent brillamment démontés par Ragojine in *Profiteurs, embusqués et délateurs sous Khrouchtchev : une philosophie de la bassesse*). L'irréprochable mécanique du KGB se mit en branle. Un mandat d'arrestation fut lancé contre Krybolski.

(Vassili Podorenko,
in *Dissidents et rebelles*
dans l'URSS stalinienne, p. 199.)

*

EXTRAITS DU JOURNAL DE FIODOR SADAROV

3 octobre : Parleras-tu jamais ? Ah Igor, si pour t'entendre, il suffisait que je me tusse, je me coudrais les lèvres avec joie !

*

Aussi longtemps qu'elle vécut, Tatiana Krybolski, née Volpirova, voua à son fils un amour proche de l'adoration. Grâce au témoignage des Maximov qui furent ses voisins à Omsk pendant quarante ans, nous savons aujourd'hui quels sacrifices l'excellente femme consentit pour Igor. Très tôt, semble-t-il, elle lui marqua sa préférence au sein de la famille. Elle lui épargnait les mille corvées domestiques dont s'acquittaient ses frères et sœurs et, en hiver, donnait à ressemeler ses chaussures plus souvent qu'il n'eût été nécessaire. [...]

Igor est un rescapé de l'industrialisation stalinienne. Omsk et ses environs ne se prêtent guère à la dissipation dont rêvent tous les enfants de son âge. Les perspectives d'emploi y sont minces, réduites à la mine ou à l'usine. Nul doute que c'est autant par défi sportif que par espoir d'échapper à ce morne destin qu'Igor s'adonna si passionnément à la pratique du jeu de quilles. Tatiana Krybolski l'y encourageait d'ailleurs vivement. Elle l'accompagnait chaque soir au Centre des Héros du Travail où elle le remettait entre les mains de son professeur : Kolia Terentiev. [...]

Servi par d'incroyables dons, Igor excella rapidement. [...] Lors des rencontres interclubs de 1962 qui se déroulèrent à Tachkent, il se distingua si bien qu'un dirigeant national lui proposa de le suivre à Moscou pour y parfaire son apprentissage. Déchiré entre son désir de s'arracher à la grisaille d'Omsk et le chagrin de quitter son foyer, Igor résolut finalement de partir.

(Sergueï Tiavolich in *Krybolski, comme un météore : tentative de biographie non biaisée,* pp. 26-32.)

*

Cher monsieur Krybolski,

bravo de si bien jouer aux quilles. Je vous ai vu à la télévision et je vous ai beaucoup admiré. Vous faites toujours tomber toutes les quilles mais c'est très difficile. Moi je joue un peu aux quilles aussi mais pas très bien. J'aimerais bien savoir jouer comme vous.

Est-ce que, s'il vous plaît, vous pouvez m'envoyer une photo de vous en train de jouer aux quilles, avec votre signature en plus ? Merci beaucoup monsieur Krybolski.

(Lettre de Luc,
dix ans) à Igor Krybolski.
Quelques semaines plus tard,
Luc reçut la photo dédicacée
qu'il avait demandée.)

*

(De notre envoyé spécial à Genève) : Les championnats du monde qui viennent de se dérouler dans la cité helvète auront consacré l'hégémonie qu'exercent les spécialistes américains sur la discipline depuis près de quinze ans. Johnson, Cowley, Rinberg et Smith se sont fort logiquement imposés dans la compétition par équipe, à l'issue d'un parcours sans faute qui leur permet de rejoindre dans la légende les Fielding et autres Buckley.

Pourtant, c'est vers un jeune inconnu que se sont tournés les feux de la célébrité. Âgé de dix-huit ans à peine, Igor Krybolski a forcé l'admiration d'un public blasé en enchaînant huit victoires de rang pour remporter le titre individuel que lui disputaient âprement Rinberg et l'Italien Camporelli. [...]

Krybolski a fait preuve d'une maîtrise technique exceptionnelle. Personne aujourd'hui ne dégage une telle impression de facilité. Ses adversaires ne s'y sont pas trompés. Hier soir, dans les couloirs du palais des sports, les commentaires allaient bon train. Johnson (prématurément éliminé au stade des quarts de finale) nous a déclaré : « Bon, ce Krybolski est très fort, je veux dire, il a la classe. S'il continue à s'entraîner, il sera un grand champion, vous savez. »

On n'en sait à l'heure actuelle guère plus sur le jeune talent soviétique que toutes les apparences désignent d'ores et déjà comme un géant du jeu de quilles. Il serait originaire de Tbilissi selon les dires de certains, d'Omsk d'après d'autres mais la plus extrême confusion règne sur ce point, comme sur de nombreux autres aspects de l'éclosion foudroyante de ce prodige.

(*Le Journal du Sport*,
15 mai 1965.)

*

Un groupuscule pourtant mérite de retenir notre attention. Dans cette torpeur générale qui suivit les années de plomb, les joueurs de quilles de l'équipe nationale (que l'on baptisait communément les « chiens fous », sans que l'origine de cette étrange expression fût exactement connue) firent plus d'une fois entendre un point de vue original, pour ne pas dire contestataire. Interviews, discours improvisés : tous les prétextes semblaient bons aux « chiens fous » pour déverser leurs flots de critiques et de railleries. [...]

Comment expliquer une telle virulence de la part de jeunes gens somme toute favorisés par le régime ? C'est ce qu'aujourd'hui encore on comprend mal. Adolescent, aucun des « chiens fous » ne manifestait la moindre disposition à l'insoumission. Mais, une fois admis dans les rangs de l'équipe nationale, tous faisaient montre d'une étonnante propension à la révolte, comme si la tradition qui voulait que les joueurs de quilles fussent de jeunes chiens fous ne pouvait mentir, comme s'ils n'avaient d'autre choix que de prendre le relais insurrectionnel de leurs aînés. [...]

Du fait de leur position privilégiée, les « chiens fous » ne furent jamais réellement inquiétés. En haut lieu pourtant, on s'alarma du danger qu'ils représentaient. Que les patients efforts de la propagande soviétique pussent à tout moment se trouver anéantis par la déclaration imprudente d'un jeune exalté, voilà ce que Khrouchtchev ne pouvait supporter. On raconte qu'excédé par cette vipère qu'il réchauffait en son sein, il tenta de mater la rébellion naissante. Ce fut peine perdue : les joueurs de quilles jouissaient d'une énorme popularité, qu'il eût été maladroit de méconnaître. [...]

La police politique s'avisa toutefois que l'incidence des propos enflammés sur le public était moindre qu'elle ne l'avait d'abord redouté. En fait, la foule prêtait peu d'attention aux opinions des « chiens fous » : elle les admirait pour leur talent, non pour leur pensée. De plus, les prises de position étaient chaotiques, voire décousues. On chercherait en vain la moindre trace de cohérence dans des déclarations débridées et contradictoires, davantage motivées par la tentation de s'afficher que par une véritable rébellion de portée idéologique. Khrouchtchev renonça aux poursuites un instant envisagées. [...]

Singulièrement esseulé au milieu de cette agitation,

Igor Krybolski (qui devait par la suite être six fois champion du monde) affichait la plus complète indifférence à l'égard des positions de ses camarades. Les éléments en notre possession nous permettent de dire qu'il ne profita jamais de la tribune qui lui était offerte pour donner son sentiment sur un autre sujet que le sport.

(Piotr Valkovski,
in *L'expression politique sous Khrouchtchev : un apostolat périlleux*,
pp. 61-65.)

*

EXTRAITS D'UNE LETTRE D'IGOR KRYBOLSKI À SA MÈRE, TATIANA VOLPIROVA (AVRIL 1969)

[...] La semaine dernière, j'ai fait la connaissance d'une jeune fille. Nous nous sommes rencontrés au cours d'un tournoi triangulaire qui nous opposait à la France et aux États-Unis. Comme tu l'as sûrement lu dans la *Pravda*, nous avons fini deuxièmes et, sans la maladresse de Volkov, nous battions les Américains.

Jacqueline (c'est son prénom) est française. Elle a vingt et un ans et joue dans l'équipe de son pays. C'est elle qui m'a parlé la première et j'étais bien content que tu m'aies fait apprendre un peu de français car ainsi, j'ai pu lui répondre. Après le match, nous sommes allés dîner dans un bistrot. C'est ainsi qu'ils appellent les restaurants où on peut manger un plat chaud en vitesse. Jacqueline ne savait pas que ce mot vient du russe.

J'aimerais te la présenter mais je sais que ta santé t'interdit le voyage et, de son côté, elle n'a aucune raison de venir nous voir. Je suis sûr qu'elle te plairait. Elle a de beaux cheveux noirs et de grands yeux clairs. [...]

Je rentrerai bientôt, dès que le tournoi de Rome sera fini. J'ai de bonnes chances de l'emporter : Rinberg est en petite forme, à ce qu'on dit.

*

Igor Krybolski, champion du monde de jeu de quilles, a épousé ce matin Jacqueline Latranche, vingt et un ans. La cérémonie s'est déroulée dans la chapelle orthodoxe de Sainte-Catherine, la jeune fille ayant accepté de se convertir. Le voyage de noces aura lieu à Omsk, d'où est originaire Krybolski. Le Soviétique devrait demander sous peu la nationalité française.

(Dépêche de
l'Agence France Presse,
datée du 17 décembre 1969,
15 h 43.)

*

EXTRAITS DU JOURNAL D'IVAN GOULITSCHIAN

5 janvier : Nous avançons à petits pas mais nous avançons tout de même. Aujourd'hui, Sadarov a eu un moment de découragement en découvrant la masse des documents à examiner mais je l'ai un peu secoué et il va mieux maintenant. [...]

18 février : Ça n'en finit pas. Je n'aurais jamais cru que cela nous prendrait aussi longtemps. Nous travaillons beaucoup, jusqu'à quatorze heures par jour. La pensée des camarades qui attendent nos conclusions me soutient. Nous n'avons pas le droit de les décevoir. [...]

6 mars : Le plus dur, c'est de ne pas savoir ce que nous cherchons. Nous n'avons aucun indice, aucune piste. Mais si son message politique est à la hauteur de nos espérances, je ne donne pas cher de Brejnev et de sa clique. Prokoviev pense que l'opinion est prête. Si nous parvenons à lui prouver qu'une de ses idoles est violemment opposée au régime, elle fera tout pour le renverser. [...]

25 avril : Certains d'entre nous ont osé dire qu'ils doutaient de l'efficacité de nos recherches. Ils ont même prétendu que nous ne trouverions rien. Sadarov est rentré dans une colère monstre. Je suis resté calme mais ces sarcasmes ont redoublé mon zèle. Je sais que la victoire est proche. [...]

30 mai : Journée harassante. L'ordinateur a permuté deux à deux tous les mots de ses livres, sans aucun succès. Maintenant que nous avons épuisé les procédés

les plus simples, nous allons devoir sophistiquer nos méthodes. Comme sa pensée doit être corrosive pour qu'il ait pris la peine de la déguiser de la sorte !

*

Je m'associe au peuple de France afin de vous présenter mes chaleureuses félicitations pour cette victoire éclatante, qui redonne à notre pays ses lettres de noblesse dans un sport qu'il contribua jadis à promouvoir.

(Extrait du télégramme
de M. le président
de la République adressé
à Igor Krybolski à l'issue
des championnats du monde
de 1975, où la France
enleva le titre par équipe.)

*

Sur la nature exacte des relations qu'Igor entretint avec son père Vladimir planent encore quelques doutes. Ainsi qu'on l'a vu, l'enfant n'avait pas quinze ans quand son père lui fut ravi par l'intraitabilité de la police politique. C'était par un beau matin d'été, Tatiana Volpirova et ses enfants, massés sur le pas de la porte, regardèrent s'éloigner Vladimir sans un mot. Dans quelle mesure exactement ce dernier eut-il le temps de transmettre à son fils Igor ses préoccupations politiques ? La question mérite sans nul doute d'être posée. La plupart des biographes de Krybolski pensent qu'il fut profondément influencé par la doctrine paternelle, mais qu'il n'en fit jamais état publiquement. Selon eux, toujours, le traumatisme causé par le départ de son père entre deux policiers au masque impassible aurait seul retenu Igor sur la voie de l'engagement auquel son atavisme le prédisposait si nettement.

Je pense pour ma part qu'il est fallacieux de prêter à un homme les pensées de son père. Je suis personnellement convaincu qu'Igor se souciait fort peu des questions qui tourmentent ses commentateurs les moins scrupuleux. Les faits viennent d'ailleurs corroborer cette hypothèse. Sans même invoquer la conduite exemplaire d'Igor au sein de l'équipe nationale, sans rappeler non plus l'épisode du poste que ses compatriotes en exil lui proposèrent dans leur contre-gouvernement, je citerai une fois de plus l'honorable citoyen Maximov. Pour avoir assisté à maintes veillées chez les Krybolski, leur voisin est à même de porter un jugement autorisé. Il est formel : certes Vladimir Krybolski aimait à monter ses enfants contre le régime. Il les encourageait à fomenter les révolutions dont devait sortir l'ordre nouveau (le néant en l'occurrence puisqu'il était anarchiste). Mais, et c'est ici que le rapport de Maximov prend tout son relief, Igor ne prêtait qu'une oreille distraite aux imprécations paternelles. Il préférait s'asseoir aux pieds de sa mère pour l'aider à écosser les petits pois qui constituaient l'ordinaire de cette humble famille ouvrière. Ce témoignage, je crois, se passe de commentaire.

(Sergueï Tiavolich in *Krybolski, comme un météore : tentative de biographie non biaisée*, pp. 39-41.)

*

Une des questions auxquelles je dois le plus fréquemment répondre est la suivante : de quoi a-t-on besoin pour jouer aux quilles dans de bonnes conditions ?

Voici ma réponse : outre sa boule, un joueur prévoyant aura mis des chaussures à lacets, aux semelles spéciales lui permettant de ne pas glisser pendant la course d'élan. Il aura passé une chemisette assez moulante pour ne pas entraver ses mouvements ; enfin il portera au poignet un bandeau en éponge. Après plusieurs parties, il arrive en effet que la sueur ruisselle sur le front et dégouline dans les yeux, provoquant un aveuglement momentané. Avec son bandeau, le joueur averti s'essuiera périodiquement le front et les tempes.

(Igor Krybolski in
Quelques conseils à l'usage des débutants, p. 15-16.
Jacqueline Latranche aurait relu les épreuves pour en corriger la syntaxe et l'orthographe.)

*

EXTRAITS DU JOURNAL
DE FIODOR SADAROV

9 octobre : Itinéraire hallucinant... Odyssée mystique... Aux confins de la folie, Igor, tu m'entraînes. À quoi bon me débattre, à quoi bon résister ? Je te

suivrai jusqu'aux frontières de la connaissance. Avec toi je découvrirai des horizons déchaînés, peuplés de créatures chimériques et de cauchemars familiers. [...]

3 décembre : [...] Quant à Goulitschian, il ne trouvera rien, j'en ai peur. Il est plein d'élan mais insensible à la beauté de notre quête. Je vois dans ses yeux que de nos recherches, il n'aperçoit que le caractère sordide. Comment lui montrer que nous sommes des artisans bénis des dieux pétrissant maladroitement quelque argile fabuleuse, des apprentis sorciers qui tentent gauchement d'apprivoiser la nature cataclysmique ? [...]

28 janvier : Aujourd'hui, Igor, notre matière était un entretien que tu accordas voilà dix ans à un commentateur insignifiant. Nous avons distordu l'enregistrement selon toutes les aberrations magnétiques possibles. Un casque sur les oreilles, nous écoutions ta voix d'outre-tombe, rendue inintelligible par les traitements que nous lui faisions subir. Elle s'enflait et se dégonflait alternativement, elle résonnait en moi comme une corde de violon gémirait sous le vent. Il me semble que je l'entends encore.

*

EXTRAITS D'UNE LETTRE D'IGOR KRYBOLSKI À SA MÈRE, TATIANA VOLPIROVA (JUIN 1972)

J'ai reçu aujourd'hui une visite surprenante. Une douzaine de compatriotes sont venus me trouver dans notre petit pavillon de Gentilly (as-tu bien reçu les photos que je t'ai envoyées la semaine dernière ? As-tu vu comme le jardin est gentil ?). Nous avons d'abord parlé du pays, de la récolte de cette année qui s'annonce mauvaise, du camarade Petrovitch (tu sais, ce Nikholaï Petrovitch dont tu avais rencontré la mère à Leningrad. Eh bien, il est maintenant attaché d'ambassade au Pérou). Bref, c'était une discussion amusante entre gens que rapproche l'amour de notre beau pays.

Au bout d'une heure, le camarade Alexeï Prokoviev a brusquement changé de sujet. Il a expliqué qu'il parlait au nom de l'Association européenne des Soviétiques en exil. D'après ce que j'ai cru comprendre, il s'agit d'une organisation tout à fait sérieuse qui compte deux mille adhérents environ. Figure-toi que Prokoviev et ses amis ont l'intention de former un contre-gouvernement en France qui aurait pour objectif de critiquer l'action du camarade Brejnev et de révéler ce qu'ils appellent ses « exactions » au public occidental. Jusque-là, j'écoutais sans rien dire quand, tout à coup, Prokoviev m'a proposé un poste dans ce gouvernement.

Tu me connais, depuis la mort de papa, j'ai la politique en horreur. Et puis, je n'ai pas quitté Omsk pour accepter des responsabilités à Paris. J'ai donc refusé, très poliment pour ne pas leur faire de peine.

Ils se sont montrés très étonnés. Je crois qu'ils s'attendaient à rencontrer un militant du fait que j'ai passé quelques années dans l'équipe nationale. Ils sont revenus une fois à la charge et ils ont fini par se faire une raison. Ils sont repartis assez tard dans la soirée. Comme tu le vois, ma nouvelle vie ne manque pas de sel ! Enfin, je me serais bien passé de cette démarche : tu sais que je n'aime pas décevoir les gens.

*

Pour des millions de jeunes Français confrontés à une douloureuse crise de leur identité, Igor Krybolski devint le symbole de la réussite modeste. Il incarnait l'épanouissement des facultés créatrices que porte en lui chaque adolescent, l'idéal de vie (un métier rémunérateur et passionnant, une épouse ravissante et spirituelle, un épagneul affectueux et un pavillon coquet à Gentilly) auquel aspiraient des jeunes gens, trop vite grandis, réalisant avec consternation que la société des adultes avait compté sans eux.

(Extrait de « Igor Krybolski :
Porte-Parole
d'une génération muette »,
article paru dans *Sociologica*,
n° 71, février 1991.)

*

EXTRAITS D'UNE LETTRE
D'IVAN GOULITSCHIAN
À DMITRI, SON COUSIN
D'EREVAN, 13 AOÛT 1979

Je t'avais raconté qu'il se trouvait des imbéciles pour douter de la pertinence de nos recherches. Je te laisse imaginer l'effet qu'a produit sur eux notre seconde découverte. Ils ont dû se rendre à l'évidence et admettre que le citoyen Krybolski faisait avec ses livres davantage pour la cause que toutes leurs simagrées d'intellectuels persécutés. À la suite de ce succès, on m'a adjoint deux aides qui me sont entièrement dévoués. Je me décharge sur eux de la part la plus ingrate de ma besogne. [...]

Tu as peut-être appris par Boris que Sadarov avait démissionné. Il s'est retiré à la campagne, chez sa cousine Nastassia. Je crois que nos travaux l'ont beaucoup éprouvé nerveusement.

*

EXTRAITS D'UN ARTICLE COLLECTIF PARU DANS *LA REVUE FRANÇAISE DE PHILOLOGIE*, N° 133, MARS-AVRIL 1991, INTITULÉ « SUR UN JOUEUR DE QUILLES »

[On a coupé les passages trop techniques qui eussent pu dérouter les lecteurs non avertis.]

Six mois après sa mort, il ne nous paraît pas inintéressant de revenir sur l'énigme posée par la double personnalité d'Igor Krybolski : double personnalité dont le plus grand nombre ne devina jamais qu'une seule facette. Le sport n'est pas le propos de cette revue, et encore moins le jeu de quilles, connu pour son édifiante stupidité. Si nous ouvrons aujourd'hui nos colonnes à la mémoire de Krybolski, ce n'est pas

pour évoquer l'athlète, mais bien plutôt l'homme et le citoyen. Ou encore l'homme et le citoyen en tant qu'ils utilisèrent comme médium des techniques d'expression relevant de la philologie. Car, et c'est ce que nous tenterons de démontrer en quelques feuillets, Krybolski illustra de manière particulièrement frappante les théories les plus modernes développées par l'école de Leningrad (pour une bibliographie exhaustive sur le sujet, on se reportera à « Philologos : Séminaire de l'Ex-pression Pro-posée, septembre 1989 »).
[...]

On connaît l'histoire de Krybolski. Elle a été copieusement relatée dans les gazettes ces derniers mois : l'enfance à Omsk, le premier titre mondial, la naturalisation à la suite du mariage avec une ressortissante française. On ignore en revanche l'engagement politique de Krybolski, son action déstabilisatrice de longue haleine, ses menées souterraines contre le régime soviétique. Cet aspect mystérieux d'une personnalité ambiguë fut révélé par les remarquables travaux de Sadarov et Goulitschian. Quelles sont les circonstances ?

En 1972, l'Association européenne des Soviétiques en exil, présidée par Alexeï Prokoviev, proposa à Krybolski un portefeuille dans le contre-gouvernement qu'elle allait former. Le joueur de quilles refusa nettement en invoquant son manque d'intérêt pour la *res publica*. Mais Krybolski sous-estimait ses interlocuteurs : comment croire un instant qu'il pût se désintéresser d'une cause pour laquelle son père avait donné sa vie ? Comment croire encore qu'il fût insensible à des questions que les « chiens fous », ses camarades de l'équipe nationale, discutaient si passionnément (pour reprendre la terminologie populaire développée par Piotr Valkovski dans : *L'expression politique sous Khrouchtchev : un apostolat périlleux*) ?

Prokoviev aperçut la raison de ce mutisme : Krybolski avait laissé à Omsk sa mère à qui il était profondément attaché. Il craignait par une condamnation de l'équipe dirigeante d'attirer les foudres de sa police sur la malheureuse Tatiana Volpirova. Il fallait donc supposer qu'Igor s'exprimait par d'autres canaux, moins officiels et partant, moins dangereux.

Prokoviev chargea deux de ses collaborateurs, Fiodor Sadarov et Ivan Goulitschian, de soumettre l'ensemble de la production sémiologique de Krybolski à une investigation poussée. Les deux hommes devaient recueillir chaque témoignage émanant de leur compatriote pour en extraire le message qu'il leur adressait indirectement. En d'autres termes, il s'agissait de saisir ce qui, au-delà des inévitables mièvreries visant à endormir la vigilance de la police politique, constituait l'essence de la réflexion krybolskienne. Sans être des professionnels, Sadarov et Goulitschian n'étaient pas tout à fait des novices en la matière. Ils avaient suivi des cours de sémantique à l'Université de Moscou au cours desquels ils avaient pu s'approprier le vocabulaire philologique usuel. Pour compléter leur formation, ils reçurent d'anciens officiers du chiffre un enseignement destiné à leur rendre familières les techniques de codage les plus récentes. Ils s'initièrent également à la cabale juive avec Moché Navarent. Enfin, ils sollicitèrent le concours de notre distingué confrère Raymond Mallabert (dont les travaux actuels portent sur la géométrie des tropes chez Cicéron et Tite-Live).

Sadarov et Goulitschian commencèrent par les passages télévisés et radiodiffusés de Krybolski. Grâce à la complaisance de l'INA, ils purent se procurer copie de toutes les allocutions du joueur de quilles. Ils visionnèrent cent fois chaque bande, la faisant dérouler à l'endroit, puis à l'envers, accélérant ou ralentissant son déroulement. Dans son journal *(K. : une quête*, publié à compte d'auteur en 1978), Sadarov rend compte de ces fastidieuses séances de studio desquelles rien ne sortit jamais. Les premières tentatives s'étant soldées par un échec, on lança la seconde phase des recherches, qui consistait à éplucher l'intégralité des écrits de Krybolski. Celui-ci avait en effet publié quatre ouvrages techniques sur le jeu de quilles.

Nous savons depuis Fourier et sa décisive *Herméneutique* qu'un texte est infiniment plus riche qu'un simple enregistrement. Une raison en est que chaque mot a pu être pesé et réfléchi avant d'être imprimé (d'ailleurs Krybolski ne publia que quatre livres d'une centaine de pages en quinze ans, ce qui donne une idée de la réflexion que demanda chaque ligne), au lieu que, dans le flux de la conversation, nous sommes amenés à choisir des expressions ou des tournures qui dénaturent parfois notre pensée. Il est d'autre part extrêmement difficile, pour ne pas dire impossible, de crypter nos paroles au fur et à mesure qu'elles nous viennent, tandis que l'écrivain dispose de tout le temps voulu pour raffiner à l'envi son encodage. Qu'on nous permette de ne pas insister sur un sujet que d'autres ont mieux traité (nous renvoyons le lecteur intéressé à la synthèse fondamentale d'Alain Fagot « Qui parle quand je me tais ? », publiée dans le n° 29 de la *Revue française de Philologie*). Sur un plan simplement pratique, le volume des écrits de Krybolski excédait largement celui de ses prestations orales et la multitude des mots permettait une infinité de combinaisons, de recoupements et de rapprochements. [...]

Sadarov et Goulitschian eurent rapidement confirmation de la justesse de leurs hypothèses. Goulitschian remarqua qu'en mettant bout à bout les premiers mots de la septième ligne de chaque quarante-troisième page des quatre ouvrages de Krybolski, on obtenait la phrase : « Les chiens sont fous. » Énigmatique sentence : faut-il prendre le quatrième mot au pied de la lettre et en conclure que Krybolski désavouait l'action de ses camarades ; faut-il plutôt considérer ce truisme comme un mot de passe, un cri de ralliement, un jugement de valeur sur la race canine ?

Quelques mots avant tout sur les instruments employés. Malgré leurs origines slaves, Sadarov et Goulitschian choisirent d'utiliser les derniers travaux de l'école américaine, popularisés en Europe par la traduction commentée de notre confrère Jean-Claude Cornillaud. [*Suit une digression technique assez longue.*]

Il fallut attendre trois longues années la seconde découverte, qu'il convient encore une fois de porter au crédit de Goulitschian. En permutant les lignes de la page 16 de *Quelques conseils à l'usage des débu-*

tants, il obtint cette question d'une admirable concision : « Pourquoi un tel aveuglement ? » Le mot aveuglement, peu courant dans ce genre de littérature, provenait du deuxième alinéa : « Après plusieurs parties, il arrive en effet que la sueur ruisselle sur le front et dégouline dans les yeux, provoquant un aveuglement momentané. Avec son bandeau, le joueur averti s'essuiera périodiquement le front et les tempes. »

Notons au passage que le procédé utilisé (permutations successives selon les préceptes de l'école de Leningrad) semble à première vue relativement simple, si on le compare à la technique de sélection bidimensionnelle (mots choisis simultanément dans plusieurs ouvrages) de l'école de Chicago, qui permit la première découverte. Oserons-nous proposer le théorème selon lequel la transparence de l'encodage est bien souvent inversement proportionnelle au temps nécessaire à la retranscription du texte original ? (Ce sera d'ailleurs le sujet d'un article à paraître dans notre prochain numéro, daté mai-juin 1991.)

Les recherches se poursuivent, sans nouveau succès depuis cinq ans, mais l'optimisme affiché par le gouvernement en exil nous autorise à espérer quelque nouvelle découverte dans les mois prochains. Alors le mystère sera dissipé et la pensée d'Igor Krybolski éclatera au grand jour.

L'ANNÉE ZU

Article paru dans la Revue française de Philologie, *n° 143, novembre-décembre 1992, sous la rubrique « Des idées pour les fêtes ».*

L'année qui vient de s'écouler aura été l'année Zu. 1992 aura vu la célébration du dixième anniversaire de la mort de l'auteur, la découverte de son dernier manuscrit inachevé [1] et la parution du premier bulletin des *Amis de Maximilien*. Mais il était dit que nous n'en resterions pas là. Les Éditions de la Pépite profitent de la période des fêtes pour sortir le premier tome des œuvres complètes, dont la parution, très attendue, avait été différée à plusieurs reprises.

Le mystère de la personnalité de Zu a toujours inspiré les commentateurs. Certains, plus habiles que les autres, se sont approchés très près de la vérité. Après le succès de son livre *Krybolski comme un météore :*

1. Le titre du manuscrit *(Lézardes)*, très proche du titre de son premier roman *(Zébrures)*, donne à penser que Zu souhaitait faire un retour aux sources. L'intrigue (un peintre en bâtiment qui s'inquiète de la solidité des édifices qu'il rénove) est pourtant très éloignée de celle de *Zébrures*. Sur ce point et sur les circonstances de la découverte du manuscrit, on se reportera au numéro 140 de la *Revue*, daté mai-juin 1992.

tentative de biographie non biaisée[1], Sergueï Tiavolich s'efforça de faire la part du mythe et de rétablir une vérité parfois dérangeante. Son travail complétait le numéro spécial de *Sociologica : Zu : un point final à notre siècle,* qui a le mérite de cadrer, dans une perspective sociétale, historique (voire anthropologique par instants), le contexte de la production zuienne.

Mais ces ouvrages nous semblent très loin des préoccupations de celui dont la tombe est restée vierge de toute inscription[2]. Le fait que Zu ait toujours refusé de collaborer avec ses biographes aurait d'ailleurs dû faire comprendre à ceux-ci que l'enjeu en l'occurrence ne tenait pas à l'homme mais à ses livres. Le texte de Zu constituait le rempart qui le mettait à l'abri des regards. Il se parait de ses romans comme d'une cape fuligineuse. Aussi n'en dirons-nous pas plus. La parole est à celui qui parle[3].

En 1948, paraissait le premier roman de Zu. *Zébrures* retentit comme un coup de tonnerre. C'est un roman de six pages et quatorze cents mots. Jamais la célèbre jaquette de la collection Blanche n'avait abrité de texte aussi menu. *Zébrures* peint l'irruption du fantastique dans l'existence d'un garçon de huit ans, Louis. Sans préambule, la première page intro-

1. Voir notre article intitulé « Sur un joueur de quilles », paru dans le numéro 133 de la *Revue*, daté mars-avril 1991.

2. Selon sa propre volonté. Notons que dans son premier testament, rédigé en 1966, Zu avait donné des instructions différentes. Il se rappelait que Keats avait fait écrire sur sa tombe : « Ci-gît celui dont le nom était écrit sur l'eau. » En 1966, Zu souhaitait que l'on fît figurer sur la sienne : « Ci-gît celui dont le nom sifflait comme le vent. » On ne sait ce qui lui fit abandonner ce projet.

3. Selon le mot même d'Alain Fagot, le grand complice de Zu.

duit le personnage de Louis. Nous le voyons évoluer dans sa famille, parmi ses amis. Nous comprenons vite qu'il n'est pas heureux : sa mère lui préfère Marthe, sa sœur cadette; son père, cordonnier à Montparnasse, se désintéresse de l'éducation de ses enfants. Dans les pages 2 et 3, nous nous familiarisons avec les compagnons de Louis : Paul, le fils de l'épicier; René, le cancre; Léon, le chef de la bande. Ensemble, les enfants se glissent dans les égouts et mènent la chasse aux rats qui trottinent sous les rues de la capitale. Parfois, ils en attrapent un, l'apprivoisent et lui apprennent des tours. Mais Louis est différent de ses camarades. Un jour, au beau milieu de la page 4 et de l'année 1943, il surprend un dialogue entre deux rats et se mêle sans réfléchir à leur conversation. Louis leur ouvre son cœur. Avec ses mots d'enfant, il dit son amertume, son impression de n'être pas aimé, son malaise enfin face à une société barbare qui ne voit en lui qu'un futur soldat. La violence sourd dans la page 5 puis explose dans la page 6. Louis et ses rats montent à l'assaut de Montparnasse. Ils déchiquettent les visages des passants et se repaissent de leurs entrailles. Le dernier paragraphe, volontairement ambigu, laisse penser que Louis va se transformer en rat et rejoindre le monde souterrain.

On voulut voir dans *Zébrures* une métaphore de la récente occupation allemande et de l'irréparable cicatrice qu'elle laissa sur la face de la France. Avec le recul, cette explication semble très partielle, pour ne pas dire anecdotique. Elle laisse de côté tout l'aspect infraterrestre qui occupait une place centrale dans le dessein de Zu. Plus encore que le fond, la forme désarçonna la critique. Elle était à ce point ramassée qu'il semblait qu'on ne pût rien lui retrancher, sous peine d'amputer gravement le roman d'une partie de son sens. Plus étonnant encore, l'ajout du moindre mot suffisait à gauchir le texte, à lui donner un tour empesé, presque grandiloquent. Goulitschian essaya de montrer que Zu aurait pu pousser son projet plus loin encore. Il composa sa propre version de *Zébrures*, en n'utilisant que 1140 mots, soit 260 de moins que Zu. Mais qui a pris la peine de comparer ces deux versions repère aisément les procédés employés par Goulitschian : style télégraphique, psychologie rudimentaire, dialogues à l'emporte-pièce, etc.

On voulut connaître l'auteur : il ne se montra point. On interrogea son éditeur. Maximilien Zu vivait sur un petit pécule qui lui venait d'un héritage. Il goûtait la littérature, se consacrant jour et nuit à la besogne. Il donnerait sous peu un second roman dont il disait lui-même qu'il reléguerait *Zébrures* au rang d'ébauche. Ce roman arriva, deux ans jour pour jour après le premier. Ce fut *Splendeur* qui s'étend sur cinq pages et mille mots exactement. De l'aveu même de son auteur, il s'agit d'un hymne à la civilisation babylonienne qui s'orchestre autour d'une fête à laquelle prend part une foule bigarrée et superbe.

Là encore, la critique fut divisée. *Splendeur* engendra des positions si extrêmes que la lecture des journaux de l'époque nous met encore mal à l'aise. Ceux qui fustigèrent Maximilien Zu se virent désavouer par le verdict du temps (certains s'étaient à ce point investis dans leur combat contre Zu qu'ils ne se relevèrent jamais de son succès). Ceux qui lui tressèrent des couronnes de lauriers le faisaient pour des raisons futiles, qui n'avaient rien à voir avec les mérites qu'on lui accorde aujourd'hui. Surtout, personne ne soupçonna l'importance qu'allait revêtir le minimalisme par la suite.

Nul ne peut dire à quand remonte exactement la première utilisation du terme de minimalisme. On l'attribue généralement à Théodore Rousselle. Rousselle tenait au début du siècle une galerie de peinture rue de l'Échelle. Il avait parmi ses protégés un garçon du nom de Ra, qui disparut dans d'effroyables circonstances à l'âge de trente ans. Bien qu'il fût un travailleur infatigable, Ra ne donnait que quelques toiles par an. La plus célèbre a pour titre *Pépite.* Elle montre un caillou charbonneux sous lequel point l'or. C'est à son sujet (et pour la démarquer de la mouvance socialo-expressionniste à laquelle tentait de la rattacher la critique) que Rousselle parla pour la première fois de minimalisme. La parenté entre les œuvres de Ra et de Zu était évidente, quoique transdisciplinaire. Le mot de minimalisme connut la fortune que l'on sait. Pour des raisons euphoniques évidentes, le terme de zuisme fut beaucoup plus long à s'imposer. Encore aujourd'hui, il n'est que peu usité et semble réservé aux cas où le minimalisme doit être appréhendé sous sa seule facette littéraire[1].

1. Comme l'hiver engendre le printemps, le minimalisme engendra le maximalisme. Le mouvement, emmené par Norman Mailer, partit des États-Unis. Il se développa en France, sous la houlette de Sartre puis sous celle de Louis-René Circulaire. Il s'éteignit tout naturellement à la mort de celui-ci.

Les canons du minimalisme sont maintenant bien établis, en partie grâce aux travaux théoriques de No et Mi. Le minimalisme repose sur un certain nombre de constats. Pour reprendre la terminologie de No, notre époque voit le triomphe de la logorrhée. En ces temps de prétendue communication, les mots sont galvaudés, dévalués. Parfois même, ils sont devenus inopérants. Mi tire de ce préambule une conclusion évidente. Pour avoir du poids, les mots ont besoin d'être pesés. Car celui qui puise sans discernement dans le lexique s'expose au risque que son discours se confonde avec le vent. Le minimaliste est un peseur de mots.

Il importe donc de choisir rigoureusement son vocabulaire. Une deuxième tendance du mouvement a voulu que l'on condense le message à l'extrême. C'est ainsi que le minimaliste manie l'ellipse, comme d'autres ont manié en leur temps la phrase creuse ou la platitude. Pour lui, dix ans s'écoulent en une virgule, un destin se noue dans trois points de suspension.

À cette théorie figée, Maximilien Zu a ajouté la dimension dynamique. Il concevait son œuvre comme une marche vers le sens ultime. En réduisant constamment l'ampleur de ses romans, il espérait aboutir à un dernier texte, qui serait un dernier mot. Se mêlent dans ce projet un grand nombre d'influences : Flaubert pour sa quête perpétuelle de la beauté ; Platon pour son habileté à rendre leur poids aux mots ; enfin toute une série d'écrivains, poètes et philosophes, parmi lesquels Heidegger, Mallarmé, Trakl, Fagot[1] et Blanchot, qui firent, longtemps avant Zu, du langage le révélateur du monde. Zu s'inscrivait donc dans une prestigieuse lignée. Il sut ne pas être indigne de ses prédécesseurs.

En 1954, Zu publia sa seule œuvre sociale. *Waki* raconte la tragédie du massacre du peuple indien par l'armée américaine. « Waki » est un mot comanche, difficilement traduisible, qui désigne à peu près la traînée de fumée que laisse dans le ciel la balle meurtrière. *Waki* s'étale sur plusieurs générations de Comanches, de l'arrivée de Christophe Colomb jusqu'à Little Big Horn. Sous le titre du livre et sur le conseil de son éditeur, Zu fit figurer le mot « Fresque », qui souligne l'ampleur du projet et le grand souffle épique qui le traverse. *Waki* tient tout entier sur quatre pages et neuf cent quarante mots.

Mais le livre n'est qu'un demi-succès, car trop ambitieux. Le nombre de générations qui se succèdent tout au long du roman (onze au total, en comptant le fils mort-né de Femme-assise) est manifestement trop élevé. On ne s'attache que peu aux personnages. Le plus sympathique d'entre eux, un garçon du nom d'Oiseau-de-profil, disparaît au bout de quinze lignes, au moment même où le lecteur commence à s'initier à sa nouvelle technique de pêche. Son petit-fils, Homme-tenant-sa-barbe, est victime de la même mésaventure. Il aperçoit les bienfaits de la civilisation quand sa fille, mordue par un crotale, est sauvée *in extremis* grâce à l'injection d'une dose d'an-

1. Fagot, dont le *Qui parle quand je me tais ?* vient d'être réédité. Sa lecture semble plus urgente que jamais.

tidote par une infirmière yankee. Mais Homme-tenant-sa-barbe ne peut se résoudre à quitter les siens. Il a avec le chef du village et les principaux sorciers de longues discussions dans lesquelles il exprime douloureusement son sentiment d'appartenance au monde indien et son attirance contradictoire pour les lumières de la ville. Il épouse finalement l'infirmière sur un coup de tête et part s'installer à Saint Louis où il ouvre une boutique d'artisanat indien. Sur ce passage précis (et du fait que toute l'histoire tient sur quatre lignes), on frise la caricature[1].

Zu conçut de cet échec relatif une grande amertume. Il reprocha à Sartre de l'avoir distrait de ses recherches, au nom d'un devoir d'engagement qui le laissa toujours indifférent. Surtout, il comprit qu'il venait de commettre son premier faux pas. *Waki* eut pourtant un mérite. Il fut porté à l'écran avec succès et fit connaître Zu à toute une frange de la population. De ce jour, les romans de Zu furent guettés, annotés, étudiés. Certains (les plus courts) furent appris par cœur.

Comme l'on pouvait s'y attendre, *Prolégomènes*, le roman suivant, fut très ardu. Par une sorte d'autoflagellation, Zu se fit un point d'honneur d'enfourcher de nouveau des thèmes abstraits, d'autant moins accessibles qu'ils étaient traités avec une grande rigueur formelle. *Prolégomènes* évoque cette délicate

1. Zu fut attaqué par l'Association des Indiens d'Amérique. Il se défendit mollement en expliquant qu'il aimait beaucoup l'artisanat indien et qu'il possédait lui-même des chaussons de peau. Cette défense fut jugée peu crédible. La vocation de Zu pour le social n'a jamais été très solide.

période qui va des prémices de l'adolescence jusqu'aux premiers émois amoureux. Il met en scène un garçon nommé Rufus, que sa sensibilité excessive conduira au suicide. On parla à son propos d'autobiographie, oubliant un peu vite que Zu était bien vivant. Toujours est-il que *Prolégomènes* est un texte superbe, tout en retenue, qui s'étend sur 885 mots et où jamais peut-être la part du non-dit n'a été aussi importante.

Pour se reposer de ces efforts, Maximilien Zu composa en quatre semaines (du 28 juillet au 25 août, durant ce fameux été 1959 où sa vie privée faillit basculer) une nouvelle de 36 mots intitulée *Palinodie.* Rappelons que pour les Anciens, la palinodie était ce poème dans lequel on rétractait ce qu'on avait dit dans un poème précédent. Ici, Zu réussit le tour de force de revenir à chaque phrase sur le sens de la phrase précédente. Il installe le doute dans un exercice étourdissant, louant à tout moment ce qu'il a raillé plus haut, réfutant d'un mot ses propres arguments. *Palinodie* fut à l'origine de la brouille de Maximilien Zu avec son éditeur. Officiellement, celui-ci souhaitait voir Zu se consacrer davantage à son œuvre romanesque. Dans l'entourage de l'auteur, on murmurait que le format exceptionnellement court de *Palinodie* en rendait la diffusion problématique et lui interdisait tout espoir de récompense littéraire. Zu ne fit, comme à son habitude, ni une ni deux. Il fit publier son texte dans *Les Temps modernes,* se réconciliant au passage avec Sartre. Il passa également un accord avec les Éditions de la Pépite, la maison du mouvement minimaliste, à qui il promit ses quatre prochains romans.

Ce fut sans doute une erreur. Zu n'avait jamais connu la contrainte. Du jour où il se sentit lié par un contrat, il perdit son inspiration et se trouva sec. Les années 1960-1961 comptent parmi les plus noires de la vie de Maximilien Zu. Zu, refusant d'admettre la réalité, restait de longues heures à sa table sans écrire quoi que ce soit. Il taillait et retaillait cent fois son crayon : en vain. La page blanche qui dansait sous ses yeux lui renvoyait irrémédiablement l'image de son impuissance. Zu raconta par la suite que ce face-à-face avec le vide fut pour lui l'occasion de réfléchir sur la valeur de son art. Il en vint même à douter de l'existence de ce dernier mot qu'il traquait si intensément. Une page blanche n'était-elle pas la solution à tous ses tracas ? Ses proches surent heureusement lui faire apercevoir à quel point sa position était dangereuse. Elle engendrait insensiblement la démission et ne pouvait valablement tenir lieu de réponse à une quête si exigeante. Il est difficile aujourd'hui d'apprécier les effets exacts qu'eut cette période sur le psychisme de l'auteur. Mais l'on peut dire que Zu effleura le vide, l'espace d'un instant. Cette confrontation lui fit prendre brusquement conscience de la fragilité de son œuvre [1].

1962 fut par contrecoup une année prolifique. Elle

1. Nous ne saurons jamais exactement à quel point Zu fut affecté par cette soudaine stérilité. Il semble qu'il en ait conçu une angoisse profonde, que ses succès suivants ne parvinrent pas totalement à effacer. Vingt ans après, il parlait encore de cette période comme des « années de la grande blancheur ».

vit la sortie du cinquième roman de Zu, *Quadrille.* L'action se déroule dans le monde du spectacle. La ravissante Lina danse tous les soirs sur la scène du Mirage. Elle présente avec sa camarade, l'étrange et maléfique Dora, un fascinant numéro, où les deux jeunes femmes jouent sur leur ressemblance physique pour semer la confusion dans l'esprit du spectateur. L'ambiguïté, savamment entretenue tout au long du roman, finit par menacer l'équilibre mental de Lina. La tension culmine dans l'épisode dit de la fête foraine, lorsque Dora échappe à la vigilance de Lina et s'engouffre dans un labyrinthe de miroirs. Le dernier paragraphe montre la malheureuse Lina aux prises avec son reflet, tandis que résonne à ses oreilles le rire cristallin de Dora.

De l'avis de tous ses admirateurs, *Quadrille* constitue la plus grande réussite de Zu. Il y réalise un véritable exploit. Il condense encore la forme par rapport à ses précédents romans. *Quadrille* n'occupe que 690 mots, soit à peine trois pages. Mais la matière est encore plus fournie qu'à l'habitude. Par le jeu des miroirs et des artifices propres au monde théâtral, Zu démultiplie son propos à l'infini. Il réussit dans la dernière scène une mise en abîme irréprochable : le roman prend fin quand tout commence, le rideau tombe mais les errements de Lina sont éternels.

Zu ne s'en tint pas là. Il entrevit soudain le parti qu'il pouvait tirer de ce nouvel univers. Il se documenta pendant quatre ans sur le jeu de bataille qu'il souhaitait placer au centre de son prochain roman. Mais la trame tardait à se dessiner et Zu dut se rabattre sur les échecs. Il écrivit *Roque,* dont la construction épouse la progression de la partie qu'elle est censée raconter[1]. L'intrigue se double d'une réflexion sur la dialectique du blanc et du noir. Zu explique notamment que le blanc est au noir ce que le noir est au blanc[2].

Le prix Nobel vint couronner *Roque,* ainsi que l'ensemble de l'œuvre. Jorge Luis Borges, contrit de voir échapper une distinction qui lui semblait promise, déclencha alors une violente polémique. Il appréciait peu que Zu traitât de thèmes dont il s'estimait le grand spécialiste. En fait, de l'aveu même de ses amis, il en voulait à Zu de lui avoir ravi le sujet de *Quadrille.* Il tenta d'atteindre le Français dans ce qu'il avait de plus sacré et qualifia dans une interview à nos confrères du *Monde* son œuvre de « bavarde ». Zu accusa le coup. Il resta prostré pendant une quinzaine au milieu des siens. Il opposait à toutes les sollicitations un mutisme terrible, qui fit craindre le pire. Enfin, il sortit de son silence et demanda que l'on convoquât les médias. Il reçut les journalistes tout de noir vêtu. Il refusa de répondre à aucune question, puis annonça qu'il allait faire une déclaration et fit brancher micros et caméras. Il ne prononça qu'une phrase, mais en en détachant tous les mots : « Ce

1. *Roque* est construit en 606 mots et 38 séquences. Chaque séquence correspond à un mouvement de la partie relatée par Zu. Le morcellement apparent du texte ne nuit en rien à sa clarté. Il part du constat que le mouvement des pièces, obéissant à une variable discrète, ne saurait prétendre à une illusoire continuité.

2. Encore cette interprétation est-elle imparfaite et ne rend-elle pas compte de la puissance du raisonnement. Zu utilise également le concept du négatif. Le blanc est le négatif du noir. Le père de Maximilien Zu était photographe.

monsieur Borges n'est qu'un pisse-copie. » Borges ne s'en remit jamais[1].

À quarante-huit ans, Zu décida de se consacrer à la rédaction de son œuvre maîtresse : une grande trilogie romanesque. La futilité de ses précédents sujets le dégoûtait. Dans un accès de cynisme, il traita *Quadrille* d'« amusette ». Il se croyait aussi investi de responsabilités nouvelles du fait de sa récente distinction : il devait parler de l'homme, en tant qu'homme, aux autres hommes[2]. Il décida alors d'éclairer le destin d'un de ses congénères, de sa naissance à sa mort. Pour cela, il créa de toutes pièces un personnage qui allait devenir son héros : Z. Mais, si ambitieux qu'il fût déjà, le projet ne satisfaisait pas pleinement Zu, qui souhaitait lui ajouter une dimension supplémentaire. Il se piqua également de donner avec sa biographie de Z. un aperçu du cheminement de l'humanité. C'est ainsi que Z. enfant est un primate. Adulte, il devient président des États-Unis d'Amérique. Vieillard, il évolue toujours sur la Terre, mais dans un monde futuriste, devenu le centre d'un immense empire interplanétaire.

Cette vision syncrétiste explique l'exceptionnelle densité des trois volumes, réunis en un coffret de

1. Il mourut quinze ans après.

2. Contrairement à beaucoup d'auteurs de son époque qui se marginalisèrent par de vaines recherches formelles, Zu ne perdit jamais de vue la fonction humaniste de l'écrivain. Il lui arrivait de descendre dans la rue, de héler un passant et de lui demander s'il était un sujet sur lequel il aimerait que se penchent les grands esprits de son temps.

quatre pages intitulé Z.[1]. Zu ne put d'ailleurs résister à la tentation de prêter à son personnage un destin à la mesure de son créateur. Dans le premier tome, *Genèse*, Z. le primate découvre le feu, peint les murs des grottes de Lascaux, affûte les premières flèches et fabrique un chariot monoplace, sorte de voiturette en bois qui se révèle très commode pour aller à la chasse. Dans le deuxième tome, *Paternité*, Z. le président des États-Unis résorbe le déficit budgétaire, met au point un vaccin contre le sida, fait un enfant à sa femme[2] et rebouche le trou de la couche d'ozone. Dans *Disparition*, Z. le vieillard occupe ses journées à réfléchir sur le sens du monde. Une vie bien mouvementée au total.

On ne sait ce qu'il faut admirer le plus dans cette trilogie : l'ellipse magnifique qui nous mène en trois pages de la naissance à la mort de Z., de l'aube de l'humanité jusqu'à son crépuscule ? La précision quasi médicale qu'apporte Zu dans la peinture de ses personnages ? La qualité de sa réflexion sur la mort ? L'audace de sa plume quand elle fulgure à travers les siècles ? Sa puissance imaginaire[3] ?

Sur un plan strictement objectif, Zu se rapproche

1. « Un jour, disaient les mauvaises langues, il sera possible d'imprimer les romans de Zu sur la couverture même du livre. » « Et alors ? », répondait invariablement Zu.

2. L'enfance, la paternité, la mort : le cycle de la vie est tout entier résumé dans ces mots. C'est le grand mérite de Zu de l'avoir mis en lumière.

3. D'où vient-il, cet extraordinaire Z. ? D'après Zu, il serait sorti tout droit de son imagination. À d'autres moments, ç'aurait été un garçon qu'il aurait connu dans sa jeunesse puis perdu de vue. Voilà en tout cas un mystère qui n'est pas près d'être élucidé.

du terme de sa quête. *Genèse* fait 395 mots. Avec *Paternité* (244 mots), un roman tient pour la première fois sur une seule page. *Disparition* ne compte que 89 mots. La trilogie de Z. fut unanimement saluée comme la très grande œuvre qui manquait au minimalisme. Certains doutèrent toutefois que Zu pût aller beaucoup plus loin. Pour eux, *Paternité* et *Disparition* étaient déjà un peu abscons. Les repères y étaient trop rares, les raccourcis trop saisissants, les métaphores trop sèches. Mais Zu ne l'entendait pas de cette oreille. À mesure que des mots disparaissaient, ceux qui restaient se chargeaient de sens. L'enjeu du minimalisme imposait quelques sacrifices et une profondeur spirituelle que n'avaient peut-être pas, selon lui, ceux qui venaient lui parler de la longueur de ses romans.

À soixante ans, Zu était l'un des écrivains vivants les plus importants. Mais il sut rester modeste et poursuivre dans le sillon qu'il s'était tracé. Il composa une nouvelle de 14 mots qu'il intitula *Au-delà*[1]. *Au-delà* raconte l'histoire d'une petite fille qui rencontre un ange pendant la nuit de Noël. L'ange promet

1. Soulevant au passage une vive polémique. La locution adverbiale « au-delà » compte-t-elle pour un ou deux mots ? Les partisans de la première hypothèse font valoir que Zu n'aurait jamais choisi un titre de deux mots. Leurs détracteurs en profitent pour déplacer le débat en posant une nouvelle question : le titre fait-il partie du texte ? Autrement dit, *Disparition* compte-t-il 89 ou 90 mots ? Cette interrogation en appelle une autre, plus fondamentale. Car si le titre devait être intégré au texte, à quoi ressemblerait le dernier texte de Zu ? Il lui faudrait choisir entre se passer de texte (ce qui est ennuyeux) ou se passer de titre (et encore : « sans titre » compte pour deux mots). Le problème paraît insoluble.

l'éternité à la fillette puis s'envole avec elle dans les nuages. Ce conte, qui parut en 1981 en pleine période de fêtes, fut jugé délicieux. On admira la sensibilité de Zu et le ton si léger dont il usait pour aborder un sujet aussi grave. Sept mois plus tard, Zu trouvait la mort dans les circonstances tragiques que l'on sait. Avec le recul, *Au-delà* apparaît comme une fable pathétique, bouleversante, que baigne l'ironique tristesse de son auteur.

Le 15 juillet 1982, Maximilien Zu s'étranglait en avalant un noyau de pêche, fin symbolique pour celui dont l'œuvre entière fut placée sous le signe du noyau. Noyau, cœur, but ultime de celui qui dépouille la réalité de ses artifices. Mais, à prendre tant de risques, il était certain que Zu finirait par périr. Il eut le temps, avant d'être transféré à la clinique, de prononcer son dernier mot (que d'aucuns tiennent pour sa dernière œuvre) : « Vite... »

Maximilien Zu, auteur de l'urgence[1] ?

1. La publication de ce premier tome des œuvres complètes précède la parution du journal de Zu qui s'étend sur huit tomes de mille pages, numérotés de II à IX. Le discours prononcé par Zu lors de la réception du prix Nobel constituera le tome X. Le dépouillement de la correspondance n'est pas encore achevé.

DU MÊME AUTEUR

Aux Éditions Gallimard

LES FUNAMBULES, 1996 (Folio n° 4980)

Voir aussi Collectif, RECLUS in *La Nouvelle Revue française*, n° 518, mars 1996

ÉLOGE DE LA PIÈCE MANQUANTE, 1998, coll. « La Noire » (Folio n° 4769)

LES FALSIFICATEURS, 2007 (Folio n° 4727)

LES ÉCLAIREURS, 2009

Chez d'autres éditeurs

MANIKIN 100, Éditions Le Monde/La Découverte, 1993

EN FUITE, *Nouvelles Nuits*, n° 7, 1994

COLLECTION FOLIO

Dernières parutions

4781. Collectif	*Sur le zinc. Au café avec les écrivains.*
4782. Francis Scott Fitzgerald	*L'étrange histoire de Benjamin Button* suivi de *La lie du bonheur.*
4783. Lao She	*Le nouvel inspecteur* suivi de *Le croissant de lune.*
4784. Guy de Maupassant	*Apparition et autres contes de l'étrange.*
4785. D. A. F. de Sade	*Eugénie de Franval.*
4786. Patrick Amine	*Petit éloge de la colère.*
4787. Élisabeth Barillé	*Petit éloge du sensible.*
4788. Didier Daeninckx	*Petit éloge des faits divers.*
4789. Nathalie Kuperman	*Petit éloge de la haine.*
4790. Marcel Proust	*La fin de la jalousie.*
4791. Friedrich Nietzsche	*Lettres choisies.*
4792. Alexandre Dumas	*La Dame de Monsoreau.*
4793. Julian Barnes	*Arthur & George.*
4794. François Bégaudeau	*Jouer juste.*
4795. Olivier Bleys	*Semper Augustus.*
4796. Éric Fottorino	*Baisers de cinéma.*
4797. Jens Christian Grøndahl	*Piazza Bucarest.*
4798. Orhan Pamuk	*Istanbul.*
4799. J.-B. Pontalis	*Elles.*
4800. Jean Rolin	*L'explosion de la durite.*
4801. Willy Ronis	*Ce jour-là.*
4802. Ludovic Roubaudi	*Les chiens écrasés.*
4803. Gilbert Sinoué	*Le colonel et l'enfant-roi.*
4804. Philippe Sollers	*L'évangile de Nietzsche.*
4805. François Sureau	*L'obéissance.*
4806. Montesquieu	*Considérations sur les causes de la grandeur des Romains et de leur décadence.*
4807. Collectif	*Des nouvelles de McSweeney's.*

4808. J. G. Ballard — *Que notre règne arrive.*
4809. Erri De Luca — *Sur la trace de Nives.*
4810. René Frégni — *Maudit le jour.*
4811. François Gantheret — *Les corps perdus.*
4812. Nikos Kavvadias — *Le quart.*
4813. Claudio Magris — *À l'aveugle.*
4814. Ludmila Oulitskaïa — *Mensonges de femmes.*
4815. Arto Paasilinna — *Le bestial serviteur du pasteur Huuskonen.*
4816. Alix de Saint-André — *Il n'y a pas de grandes personnes.*
4817. Dai Sijie — *Par une nuit où la lune ne s'est pas levée.*
4818. Antonio Tabucchi — *Piazza d'Italia.*
4819. Collectif — *Les guerres puniques.*
4820. Patrick Declerck — *Garanti sans moraline.*
4821. Isabelle Jarry — *Millefeuille de onze ans.*
4822. Joseph Kessel — *Ami, entends-tu...*
4823. Clara Sánchez — *Un million de lumières.*
4824. Denis Tillinac — *Je nous revois...*
4825. George Sand — *Elle et Lui.*
4826. Nina Bouraoui — *Avant les hommes.*
4827. John Cheever — *Les lumières de Bullet Park.*
4828. Didier Daeninckx — *La mort en dédicace.*
4829. Philippe Forest — *Le nouvel amour.*
4830. André Gorz — *Lettre à D.*
4831. Shirley Hazzard — *Le passage de Vénus.*
4832. Vénus Khoury-Ghata — *Sept pierres pour la femme adultère.*
4833. Danielle Mitterrand — *Le livre de ma mémoire.*
4834. Patrick Modiano — *Dans le café de la jeunesse perdue.*
4835. Marisha Pessl — *La physique des catastrophes.*
4837. Joy Sorman — *Du bruit.*
4838. Brina Svit — *Coco Dias ou La Porte Dorée.*
4839. Julian Barnes — *À jamais* et autres nouvelles.
4840. John Cheever — *Une Américaine instruite* suivi de *Adieu, mon frère.*
4841. Collectif — *«Que je vous aime, que je t'aime !»*
4842. André Gide — *Souvenirs de la cour d'assises.*

4843. Jean Giono	*Notes sur l'affaire Dominici.*
4844. Jean de La Fontaine	*Comment l'esprit vient aux filles.*
4845. Yukio Mishima	*Papillon* suivi de *La lionne.*
4846. John Steinbeck	*Le meurtre* et autres nouvelles.
4847. Anton Tchékhov	*Un royaume de femmes* suivi de *De l'amour.*
4848. Voltaire	*L'Affaire du chevalier de La Barre* précédé de *L'Affaire Lally.*
4849. Victor Hugo	*Notre-Dame de Paris.*
4850. Françoise Chandernagor	*La première épouse.*
4851. Collectif	*L'œil de La NRF.*
4852. Marie Darrieussecq	*Tom est mort.*
4853. Vincent Delecroix	*La chaussure sur le toit.*
4854. Ananda Devi	*Indian Tango.*
4855. Hans Fallada	*Quoi de neuf, petit homme ?*
4856. Éric Fottorino	*Un territoire fragile.*
4857. Yannick Haenel	*Cercle.*
4858. Pierre Péju	*Cœur de pierre.*
4859. Knud Romer	*Cochon d'Allemand.*
4860. Philip Roth	*Un homme.*
4861. François Taillandier	*Il n'y a personne dans les tombes.*
4862. Kazuo Ishiguro	*Un artiste du monde flottant.*
4863. Christian Bobin	*La dame blanche.*
4864. Sous la direction d'Alain Finkielkraut	*La querelle de l'école.*
4865. Chahdortt Djavann	*Autoportrait de l'autre.*
4866. Laura Esquivel	*Chocolat amer.*
4867. Gilles Leroy	*Alabama Song.*
4868. Gilles Leroy	*Les jardins publics.*
4869. Michèle Lesbre	*Le canapé rouge.*
4870. Carole Martinez	*Le cœur cousu.*
4871. Sergio Pitol	*La vie conjugale.*
4872. Juan Rulfo	*Pedro Páramo.*
4873. Zadie Smith	*De la beauté.*
4874. Philippe Sollers	*Un vrai roman. Mémoires.*
4875. Marie d'Agoult	*Premières années.*
4876. Madame de Lafayette	*Histoire de la princesse de Montpensier* et autres nouvelles.

4877. Madame Riccoboni — *Histoire de M. le marquis de Cressy.*
4878. Madame de Sévigné — *«Je vous écris tous les jours...»*
4879. Madame de Staël — *Trois nouvelles.*
4880. Sophie Chauveau — *L'obsession Vinci.*
4881. Harriet Scott Chessman — *Lydia Cassatt lisant le journal du matin.*
4882. Raphaël Confiant — *Case à Chine.*
4883. Benedetta Craveri — *Reines et favorites.*
4884. Erri De Luca — *Au nom de la mère.*
4885. Pierre Dubois — *Les contes de crimes.*
4886. Paula Fox — *Côte ouest.*
4887. Amir Gutfreund — *Les gens indispensables ne meurent jamais.*
4888. Pierre Guyotat — *Formation.*
4889. Marie-Dominique Lelièvre — *Sagan à toute allure.*
4890. Olivia Rosenthal — *On n'est pas là pour disparaître.*
4891. Laurence Schifano — *Visconti.*
4892. Daniel Pennac — *Chagrin d'école.*
4893. Michel de Montaigne — *Essais I.*
4894. Michel de Montaigne — *Essais II.*
4895. Michel de Montaigne — *Essais III.*
4896. Paul Morand — *L'allure de Chanel.*
4897. Pierre Assouline — *Le portrait.*
4898. Nicolas Bouvier — *Le vide et le plein.*
4899. Patrick Chamoiseau — *Un dimanche au cachot.*
4900. David Fauquemberg — *Nullarbor.*
4901. Olivier Germain-Thomas — *Le Bénarès-Kyôto.*
4902. Dominique Mainard — *Je voudrais tant que tu te souviennes.*
4903. Dan O'Brien — *Les bisons de Broken Heart.*
4904. Grégoire Polet — *Leurs vies éclatantes.*
4905. Jean-Christophe Rufin — *Un léopard sur le garrot.*
4906. Gilbert Sinoué — *La Dame à la lampe.*
4907. Nathacha Appanah — *La noce d'Anna.*
4908. Joyce Carol Oates — *Sexy.*
4909. Nicolas Fargues — *Beau rôle.*
4910. Jane Austen — *Le Cœur et la Raison.*
4911. Karen Blixen — *Saison à Copenhague.*

4912. Julio Cortázar — *La porte condamnée* et autres nouvelles fantastiques.
4913. Mircea Eliade — *Incognito à Buchenwald...* précédé de *Adieu!...*
4914. Romain Gary — *Les trésors de la mer Rouge.*
4915. Aldous Huxley — *Le jeune Archimède* précédé de *Les Claxton.*
4916. Régis Jauffret — *Ce que c'est que l'amour* et autres microfictions.
4917. Joseph Kessel — *Une balle perdue.*
4918. Lie-tseu — *Sur le destin* et autres textes.
4919. Junichirô Tanizaki — *Le pont flottant des songes.*
4920. Oscar Wilde — *Le portrait de Mr. W.H.*
4921. Vassilis Alexakis — *Ap. J.-C.*
4922. Alessandro Baricco — *Cette histoire-là.*
4923. Tahar Ben Jelloun — *Sur ma mère.*
4924. Antoni Casas Ros — *Le théorème d'Almodóvar.*
4925. Guy Goffette — *L'autre Verlaine.*
4926. Céline Minard — *Le dernier monde.*
4927. Kate O'Riordan — *Le garçon dans la lune.*
4928. Yves Pagès — *Le soi-disant.*
4929. Judith Perrignon — *C'était mon frère...*
4930. Danièle Sallenave — *Castor de guerre*
4931. Kazuo Ishiguro — *La lumière pâle sur les collines.*
4932. Lian Hearn — *Le Fil du destin. Le Clan des Otori.*
4933. Martin Amis — *London Fields.*
4934. Jules Verne — *Le Tour du monde en quatre-vingts jours.*
4935. Harry Crews — *Des mules et des hommes.*
4936. René Belletto — *Créature.*
4937. Benoît Duteurtre — *Les malentendus.*
4938. Patrick Lapeyre — *Ludo et compagnie.*
4939. Muriel Barbery — *L'élégance du hérisson.*
4940. Melvin Burgess — *Junk.*
4941. Vincent Delecroix — *Ce qui est perdu.*
4942. Philippe Delerm — *Maintenant, foutez-moi la paix!*
4943. Alain-Fournier — *Le grand Meaulnes.*
4944. Jerôme Garcin — *Son excellence, monsieur mon ami.*
4945. Marie-Hélène Lafon — *Les derniers Indiens.*

Composition et impression CPI Bussière
à Saint-Amand (Cher), le 19 octobre 2009.
Dépôt légal : octobre 2009.
Numéro d'imprimeur : 092856/1.
ISBN 978-2-07-031000-5./Imprimé en France.

170933